KB215277

울트라 소시지 갓

이규락

울트라 소시지 갓

아작

toc.

1부

$\star$

우리 가족은 은하 제일의 맛집을 운영했어. 우주에서 가장 맛있다고 소문난 식당 중 하나였지. 먹보궤도에 들어찬 수많은 음식점 중 우리 가게만 찾는 손님이 끊이지 않았다니까. 서로 다른 행성에서 출발한 비행선이 엔진 불빛을 발하며 길게 이어진 별자리처럼 줄을 섰지. 접착 촉수로 얼기설기 이어진 투명 천장을 올려다보면 그 풍경이 펼쳐졌어. 투명 천장 아래서 우리 가족은 여섯 쌍이 넘는 팔로 부지런히 음식을 준비했지.

우리 식당은 '지샘별미당'이란 간판을 달고 있었

어. '지샘 가문이 운영하는 식당'이란 의미야. 우주 전역에 흩어진 갖가지 별미를 취급한다는 뜻이기도 하고. '지샘선'이라는 내 이름도 가문의 계승자임을 나타낸 거야. 나의 먼 친척 지샘장은 가스 행성에서 전기 폭풍 사이를 헤엄치는 츄츄피라를 사냥했어. 그의 비행선이 전자기 차단 그물을 뿜으면 츄츄피라는 커다란 드레스 같은 날개를 펄럭이며 달아났지. 지샘장은 여러 시도 끝에 포획한 츄츄피라를 지샘 별미당으로 운반해왔어.

내가 아주 어릴 때, 지샘장은 전기 폭풍을 누비는 멋진 비행에 날 데려가고는 했어. 너희 행성의 바닷 속 열대어처럼, 츄츄피라는 무리 지어 다니다가 우리가 나타나면 사방팔방 흩어졌지. 눈부신 전류가 물결처럼 흐르는 드레스 날개가 곳곳에서 아름답게 펄럭였어.

하지만 그 광경조차 아주 놀랍지는 않았어. 먹보 궤도에서는 그보다 웅장한 장관을 시시때때로 구경 할 수 있었으니까. 먹보 궤도는 쿠스토스 항성의 인 조 소행성 일대를 말해. 한때는 우주 도시 개척사업 으로 인조 소행성들이 건축되었다가 개발이 중단됐다나. 은하 연합의 낙후 지역 되살리기 정책으로 먹보 궤도가 탄생했다고 하지. 인조 소행성에 입주한 요식업자들에게 온갖 혜택을 퍼주기로 하자 기회를 찾는 이들이 모여들었어. 화산지대 밀렵꾼, 야채 종교단, 암석 튀김 장인들… 끊임없었지. 다들 얼마나 맛있는 음식점을 개업했는지 소행성 일대를 돌아다니며 죄다 먹어 치우다가 배가 터져 죽는 손님이 하루에 백 명도 넘었어. 나중엔 식충 행성이 소행성들을 삼키려고 날마다 성간 공간을 돌진해올 정도였다니까. 식충 행성이 습격해오면 군체처럼 모인 소행성들은 경계 발령에 따라 드넓게 퍼졌어. 돌진해오던 행성은 도착 지점에 진공뿐이었으니 어리둥절했겠지. 식충 행성은 궤도 수정을 채 하기도 전에, 쿠스토스 항성의 중력에 이끌려 불구덩이에 처박혔어.

미식가들은 우주에서 제일 맛있는 음식을 섭취하며, 저 거대한 항성 표면에 부딪힌 행성이 통째로 폭발하는 장면을 구경했던 거야.

정말 좋은 시절이었지. 하지만 그 시절은 우리에게 얼마 가지 않았어.

1

그 건물에는 개떡 같은 인간들만 모여 있었다. 박민수는 그렇게 생각했다.

민수가 그 건물에 임시 관리인으로 채용됐을 바로 그때부터 고민해봤어야 할지 몰랐다. 관리사무실에 도착하자마자 민수의 더러운 인상을 보고도 바로 "채용!"이라고 외치던 초록 머리 아저씨를 만난 순간부터 말이다. 심호흡하면서 가능한 한 순한 표정으로 사무실 문을 열었는데, 오십 살 먹은 남자가 웬 돼지한테 텔레비전 리모컨을 가져오라고 윽박지르고 있었다. 민수는 어이가 없어서 눈을 비볐다. 면

접을 보러 왔다고 우물쭈물 말하자 초록 머리 남자는 사무실 벽면에 달린 CCTV 화면을 턱짓했다.

"거시기, 이거 어떻게 조종하는지 알려줄게."

초록 머리 남자의 이름은 이승현이었다. 천돈빌딩이라 불리는 이 건물에 임대된 사무실은 세 개뿐이었고, 관리인은 네 명이 4조 2교대로 여유롭게 근무했다. 최근 한 명이 허리 디스크가 터져 어쩔 수 없이 임시직을 모집했다고 했다.

"얘는 복순이야. 이 동네서 가장 똑똑한 존재지."

간단한 설명을 마친 승현은 꿀꿀거리는 돼지를 쓰다듬었다. 그 말을 증명하듯 복순이는 승현이 핸드폰과 지갑을 가져다달라고 하자마자 입으로 물어왔다.

인설동에는 다 쓰러져가는 빌라와 폐건물뿐이었는데, 오직 천돈빌딩만 지금 막 들어선 신축 건물처럼 홀로 깔끔하게 유지되고 있었다. 민수가 인설동에 내려온 건 친구 조수진의 추천 덕분이었다. 공익 근무를 마친 뒤 반년 동안 민수가 쫓겨난 일터는 아홉에 달했다. 편의점에서 상자를 운반하다가 실수로 단골손님의 얼굴을 후려쳐 병원에 실어 보냈고, 고깃집에서는 동료 알바생의 팔을 태워버릴 뻔하여 일주일

만에 그만 나오라는 소리를 들었다. 중소기업 사무직 보조는 인상이 나쁘다는 이유로 탈락했다. 호프집 서버, 국밥집… 죄다 크고 작은 실수로 인해 며칠 만에 내쫓겼다. 그나마 가장 오래 다녔던 학원 보조 강사는, 방학 전날 학생들과 생크림 케이크 하나를 나눠 먹었다가 파면당했다. 케이크가 유통 기한을 지나버려 학생들이 단체로 설사병에 걸린 탓이었다.

"우리 아빠가 돌아가시기 전에 했던 말이 맞을지도 몰라…." 민수는 수진이 사 들고 온 소주를 들이마셨다. 민수의 통곡이 반지하 원룸에 울려 퍼졌다. "내가 실패작이라고 했던 말."

수진은 정신 차리라고 민수의 싸대기를 올려붙였다.

"부정적으로 몰아붙이지 좀 마." 그렇다. 민수의 아버지 박길산은 단지 병실 침대에 누워 '너는 실패작…'까지 털어놓다가 호흡 곤란이 오더니 심전도 장비의 '삐이익' 소리와 함께 고개를 풀썩 꺾었을 뿐이었다. 그 뒷부분에 무슨 말을 하고 싶었는지 알 방법은 없었다. "그때 너희 아버지가 다른 말도 하셨다며?"

　박길산은 숨이 넘어가기 십 분 전, '방향 감각을 곤두세우라'는 이야기를 남기긴 했다. 하지만 그건 살아 있을 적 '나아가야 할 곳을 잘 파악하고 힘 있게 나아가야 한다'는 대사와 함께 습관처럼 내뱉던 충고였다. 심지어 이 말들은 박길산이 줄곧 들고 다니던 낡은 책자에서 따온 문장에 불과했다. 여전히 민수는 눈물을 질질 짰다.

　"지금 내 꼴은 누가 봐도 실패…."

　수진은 또다시 민수의 뺨을 후려갈겼다. 그리고 핸드폰을 건넸다. 핸드폰 화면에는 '동일 직업 대비 할 일 진짜 없음. 숙식 제공'이라는 글자가 쓰여 있었다. 수진은 한적한 동네로 내려가 돈도 좀 벌고 생각도 천천히 정리하라고 했다.

　정말로 민수가 할 일은 얼마 없었다. 보통 건물관리인은 갖은 고생은 다 떠안는다고 들었는데, 천돈빌딩은 예외였다. 감시카메라 화면을 건성으로 주시하다가 무슨 일이 생기면 달려가는 게 전부였다. 전압기나 난방 장치는 몇 가지 버튼만 건드리면 해결되었고, 통신 문제는 가끔 코드만 뽑았다 꽂으면 끝났다. 물론 전등 하나를 갈면서도 한참 시간을 써야 하는 민수에게는 그 하나하나가 큰 임무나 다름없었다.

"자잘한 건 네가 알아서 하고, 거시기, 큰 문제 생기면 전문가들한테 콜 해." 승현은 한숨을 쉬며 수리 기사 전화번호 목록이 적힌 메모지를 가리켰다. "거시기, 복순이 사료 주는 거 잊지 말고."

복순이는 똑똑하게도 밥시간만 되면 웃는 상으로 엉덩이를 씰룩였다. 식사 외 시간에는 바닥에 나뒹구는 반려동물 장난감을 건드리거나 동네를 산책하자고 꿀꿀거렸다. 업무도 별로 없는데 네 명이 4조 2교대로 근무하는 이유는 복순이를 돌봐야 하기 때문일지도 몰랐다.

더 큰 문제는 세입자들과의 소통이었다. 신이 한국 땅에서 이상한 사람만 골라 천돈빌딩에 모아놓은 게 분명했다. 2층에 사무실을 둔 채 늙은 오랑우탄을 닮은 얼굴로 매 순간 모니터의 주식 차트를 구경하며 말 한마디가 끝나는 지점마다 트림을 뿜어대는 '트림 원숭이' 영감 정도야 그나마 참아줄 만했다. 민수가 시골 힙스터라 부르는 3층 남자는 매일 알록달록한 옷차림에 스키 고글을 착용한 난해한 패션으로 출근했다. 그는 30평 넘는 사무실 한가운데서 책상 하나만 둔 채 혼자 업무를 봤다. 나머지 공간은 텅 비어 괜히 남자가 쓸쓸해 보였다. 종일 눈이 빠져라 들여다보는 모니터는 무려 90년대 삼보컴퓨터처럼 뚱뚱했다. 레트로 마니아일까? 그냥 관심종자? 인사를 건네도 시골 힙스터는 무시로 일관했다.

4층을 드나드는 패거리도 의심스럽긴 마찬가지였다. 일주일에 한 번, 목요일 저녁 아홉 시가 되면 출입구에 검은 후드를 뒤집어쓴 열세 명의 사람이 나타났다. 그들은 침묵 속에서 4층 맨 끝 사무실로 향했고, 비좁은 방에 미어터질 정도의 인원이 우르르 몰려 들어갔다. 이 음산한 무리는 열두 시 정각이 되면 복도로 튀어나왔다. 그리고 열세 명 각자 침묵을 지키며 흩어졌다. 사무실 철제문에는 '방해하지 마시오!'라는 글자가 적힌 흰 종이가 붙어 있었다.

민수는 언젠가 청소도구함과 헷갈려 그 문을 열기도 했다. 촛불이 밝혀진 어두운 방, 열세 사람이 바닥에 그려진 원형 문양을 따라 수정 트로피처럼 생긴 작은 유리관을 두고 둘러앉았다. 유리관 안에는 야구 글러브처럼 빵이 두툼한 핫도그가 들어 있었다. 그들은 낮은 목소리로 주문을 읊조리는 중이었다. 낯선 풍경을 멍하니 응시하던 민수는, 후드를 쓴 날카로운 시선의 여자와 눈이 마주쳤다. 황급히 문을 닫고 관리사무실로 뛰어 내려갔다.

"사이비 아닐까요? 무슨 서양 악마 숭배 같았는데!"

민수는 호들갑을 떨었다.

"거시기, 다 법적으로 알아보고 온 거란다." 승현은 늘어지게 하품했다. "특별히 신경 쓰지 마. 네 일하고는 별 상관없으니까."

신경 쓰지 않으려야 쓰지 않을 수 없었다. 왜 3층 남자는 고글을 매번 착용하고 다닌담? 열세 명의 사람은 왜 핫도그를 숭배하는 의식을 치르지? 원숭이 영감은 트림 좀 그만할 수 없나? 이 망할 건물 근처만 오면 핸드폰이 수시로 통화권을 이탈하는 이유는? 아니, 애초에 오십 먹은 건물관리인 아저씨가 머리를 초록으로 물들이고 돼지를 키우는 것도 보통은 아니잖아?

민수는 빌라 옥탑에 세워진 낡은 컨테이너에서 갖

가지 의문을 떠올렸다. 옥탑방을 혼자 사용하는 조건은 매우 만족스러웠다. 컨테이너가 코딱지만큼 작긴 했으나… 개인 숙식 공간이 제공되는 아르바이트는 드물었다. 천돈빌딩과 한 블록 떨어진 가까운 거리라 출근도 간편했다. 민수는 밤새 아버지가 남긴 누런 책자를 괜히 뒤적이며 잠을 못 이루다 결론을 내렸다. 여기서 아무리 궁금한 일이 생겨도 궁금해하지 말자고. 혹시 민감한 부분에 관해 질문했다가, 심기를 건드린 대가로 이 꿀 같은 일자리를 잃을 수도 있으니까.

한 달간 민수는 세 명의 관리인과 교대로 근무하며 분식집을 드나드는 일상을 보냈다. 나머지 두 관리인은 승현만큼 특색 있지는 않았다. 특히 송 실장은 현실적인 사람이었다. 첫 만남에서 '실장'이라는 사무적인 냄새가 풍기는 직급으로 본인을 소개한 것부터 그랬다. 송 실장은 이승현 실장이 실생활 감각을 결여했다고 직접 언급하기도 했다. 초록 머리 염색과 반려 돼지 입양은 충동적으로 내린 어리석은 결정이었다며 고개를 절레절레 저었다. 자식도 없는데 얼마 전 아내와 이혼하고 적적해져서 그랬다나. 남의 가정사를 나불거린 송 실장은 정작 자기 이야기는 꺼내지 않았다. 대신 인설동의 역사를 들려주었다. 한때는 각종 공장이 입주해 있다가 외환위기 시절 한꺼번에 철수한 뒤, 2007년 즈음 재개발 지구로 선정되었다가 계획이 중단되는 과정을 거쳐 지금처럼 허름한 빌라만 군데군데 남았다는 것이다.

"식품 제조 공장이 꽤 많았다네. 갓죠탕도 그중 하나였는데, 뭐 그때 한번 크게 불이 나서 다른 공장보다 먼저 폐쇄됐다고 하지."

송 실장이 떡볶이를 흡입하며 말했다. 갓죠탕 가공육 공장 대화재는 한국 사람이라면 3년에 한 번씩 뉴스나 재난 다큐멘터리에서 접할 수 있었다. 민수도 불붙은 성냥갑처럼 활활 타오르던 갓죠탕 건물을 텔레비전에서 본 적 있었다.

"아하, 그런데 이렇게 다시 부활했군요."

마침 그들은 갓죠탕 산하 분식 브랜드 '죠탕 떡볶이'에서 튀김을 삼키고 있었다. 죠탕 떡볶이는 천돈 빌딩 맞은편 상가에 위치한 인설동 유일무이의 프랜차이즈 분식집이었다. 공장 대화재 사건과 외환위기라는 연속된 타격으로 갓죠탕은 크게 휘청이다가 온 국민의 입맛을 새롭게 뒤바꾼 '갓죠라면'을 발매하며 위기를 극복하더니 대한민국을 대표하는 식품회사로 굳건히 올라섰다. 갓죠탕 3대 회장 정지환은 자기계발서 저자들이 1순위로 인용하는 역전의 아이콘으로 꼽혔다.

5년 전 갓죠탕은 배양육 상용화 성공으로 국제적인 가치 성장을 이루기도 했다. 희망적인 출발이지만 배양육을 누구나 먹을 정도로 대량 유통하기에는 시간이 더 필요하다는 관계자의 인터뷰가 텔레비전 뉴스를 도배했었다. 민수의 아버지 박길산은 갓죠탕 뉴스가 나올 때마다 유심히 보다가도 저런 게 무슨 고기냐고 혀를 끌끌 차면서 채널을 돌렸다. 그 후 갓죠탕 배양육이 해외 VIP 대상 판매 식품으로 자리 잡았다는 소식이 들렸으나, 아직도 본격적인 국내 유통 계획은 없는 듯했다.

박길산이 갓죠탕의 성장을 고깝게 여긴 이유는 포장마차를 운영하던 당신이 추구하던 입맛과 방향이 달라서였을 것이다.

"저것들은 우리가 나아갈 '맛'이 아니야."

대형마트에서도 길산은 아들한테 갓죠탕 마크가 박힌 제품을 가리키며 손사래 쳤다. 그만큼 자신의 노점상 장사에 자부심이 컸다. 재밌게도 현재 민수의 냉동실은 죠탕 떡갈비 세트로 가득 채워져 있었다. 언제 응모했는지는 기억나지 않았지만 이벤트에 당첨되었다면서 옥탑방으로 산더미처럼 배달되어온 물건들이었다. 여러모로 민수는 갓죠탕이 일상에 얼마나 가깝게 침투해 있는지 실감했다.

민수는 앞으로 모르는 일이 생기면 승현이 아닌 송 실장에게 물어야겠다고 생각했다. 나이도 지긋하면서 형같이 여기라며 에너지 넘치는 로커처럼 등을 철썩철썩 때리던 승현보다 훨씬 믿음직스러웠다. 적어도 그 수상한 남자를 목격하기 전까지, 송 실장의 입에서 튀어나온 거라고 믿기 힘든 말을 듣기 전까지는 말이다.

"그 친구, UFO를 관측하려는 의도 아닐까?"

사건은 민수가 새벽 근무를 하러 자정에 맞춰 죠탕 떡볶이 근처를 지나는 도중 일어났다. 누군가의 기척이 느껴져 고개를 드니, 2층에서 유령 같은 형체가 서성이는 게 보였다. 민수는 순간 기겁했다. 올빼

미 눈두덩처럼 커다란 쌍안경을 든 사내가 천돈빌딩을 살피고 있었다. 죠탕 떡볶이를 밥 먹듯 드나들었지만 저런 사람은 근방에서 본 적이 없었다. 민수는 사내를 목격한 정황을 들키지 않도록 일상적인 걸음걸이를 연기하며 관리사무실에 겨우 도달했다.

"자네 UFO 본 적 있나?"

농담으로 하는 말이 아니었다. 민수는 석굴암 불상보다 근엄한 송 실장의 표정을 보고 알아챘다.

"아니, 혹여 동네 주민이실까 싶어서 보고를…."

"나도 이 동네에서 UFO를 목격한 적 있네."

여태 민수가 믿어온 송 실장의 이미지가 박살 났다. 현실적이고 어쩌고 하던 인간이… UFO라니!

"하여튼 그 형님, 거시기, UFO라면 사족을 못 쓴다니깐."

이야기를 전해 들은 승현은 인상을 팍 썼다. 승현 역시 망원경으로 동네를 감시하는 변태 따위 알지 못한다고 했다. 그는 인설동이 몰래 숨어 관찰할 만큼 흥미로운 동네가 아니라고 했다.

"오밤중이라 헛것 본 거 아니야? 맡은 일이나 좀 잘해."

민수는 입맛을 다시며 커피를 든 채 햇빛이 쏟아지는 채광창 아래에 섰다. 자기도 사무실에서 빈둥거리는 게 다면서…. 마음 한구석으론 그렇게 중얼거리면서도, 새벽이라 피곤해서 어둠 속 물체를 사람이라고 착각한 걸까, 스스로를 의심해보는데… 그 사내가 맞은편 상가에 자리 잡고 있었다.

민수가 비명을 지르며 그 남자가 나타났다고 소리쳤다. 승현은 간식 냄새 맡은 강아지처럼 헐레벌떡 달려와 채광창 건너편을 응시했다. 사내는 사라지고 없었다.

"장난치냐?"

승현이 민수의 뒤통수를 가격했다.

"그래서, 그 남자가 널 쫓아다니는 거 같다고?"

수진의 통화 음성이 울렸다.

"응. 조금이라도 높은 건물이 있으면 위에서 망원경으로 쳐다보고 있다니까. 그 뒤로 한 세 번은 더 본 거 같아. 그러다 남들한테 저 남자 보이냐고 물으면 갑자기 사라져 있고…. 지어내는 거 아니야! 진짜로!"

"되게 이상한 상황 같은데. 널 스토킹할 사람은…

없겠구나. 뭔가 좀 위험한 사람 아니야?"

"걱정해줘서 고맙긴 하네."

민수는 한 손으로 핸드폰을 든 채 복순이를 쓰다듬었다. 쿠키 반쪼가리를 들이밀자 복순이는 입가에 침을 잔뜩 묻혀가며 섭취했다. 시간을 보니 아직 새벽 두 시였다. 뭐, 천돈빌딩 입주자들과 비교해보면 귀찮은 괴짜 한 명이 더 추가된 것에 불과했다.

"다른 불편한 건 없어?"

수진이 물었다.

"글쎄, 대형백화점 같은 데 가려면 한 시간 넘게 버스 타고 나가야 하는 거?"

"그러게, 면허 따라니까. 내가 오토바이로 태워다 줄 때 얼마나 편했냐. 넌 맨날 뒤에서 무섭다고 쫄보처럼 꽥꽥대고."

수진은 매사에 저돌적이었다. 예전에 민수가 반지하 월세를 구하자마자 옆집에 코끼리라도 들어앉은 듯 온 집 안이 쿵쿵거리는 소리가 들려 따지러 찾아갔을 때도 그랬다. 민수는 자신의 얼굴이 가진 무서운 특기를 발휘해 최대한 험상궂은 표정을 짓고 문을 두들겼다. 덩치 큰 근육질 남자가 웃통을 벗고 나와도 밀어붙여야겠다고 다짐했다. 심장이 쿵쾅대고 가슴이 떨렸다. 그런데 볼이 움푹 패고 금색 고리 피어싱을 한 깡마른 이십 대 여자가 현관 사이로 얼굴을 내밀었다. 여자는 사과할 기미도 없이 "알았다"고만 대답하고 집 안으로 사라졌고, 사방의 벽을 망치질하는 듯한 쾅쾅 소리는 계속됐다. 옛친구와 11년 만의 재회였다는 걸, 민수는 나중에 알았다.

민수와 수진이 하하호호 통화하는데, 사탕 부스러기 쑤셔 박는 소음이 스피커에 울리며 갑자기 연결이 끊겼다. 전등과 CCTV 화면이 깜빡거렸다. 민수는 복순이에게 나눠주려던 나머지 쿠키를 안주머니에 넣고 천장을 올려다봤다. 핸드폰 상단에 통화권 이탈 표시가 뜨고, 순식간에 방이 어둠 속에 잠겼다.

민수가 손전등을 들자 반추형 불빛이 책상에 늘어놓은 죠탕 떡갈비 세트를 비췄다. 송 실장이 갓죠탕 이벤트에 당첨된 김에 나눠 먹으려 가져온 물건이라고 했다. 기막힌 우연이었다.

"나머지는 이 실장이랑 나누게."

송 실장이 근무 교대를 하며 말했다.

책상 아래서 복순이가 길게 늘어진 멀티탭 스위

치를 코로 눌러서 껐다 켰다를 반복했다. 전체적으로 전기가 끊긴 것 같았다. 민수는 살찐 몸을 흔드는 복순이의 행태가 감탄스러웠다. 어떻게 키웠길래 저리 똑똑한 거야? 돼지가 영리하다는 설명은 승현한테 귀에 피가 날 정도로 여러 번 들었지만 정말 놀라웠다.

민수는 관리사무실 문을 걸어 잠근 뒤 전압실을 확인하러 복순이와 함께 지하 주차장으로 내려갔다. 승현의 적갈색 소나타는 한구석에 주차되어 365일 먼지가 쌓이는 중이었다. 나머지 주차 공간은 텅텅 비었다. 생각할수록 누가 어떤 기대를 안고 이 큰 시설을 다 죽어가는 동네에 들여놓은 건지 미스터리했다.

갑자기 어둠 속에서 여자가 슬피 우는 소리가 울렸다. 민수는 소리가 들린 방향으로 손전등을 비췄다. 기둥 뒤편에 그림자가 웅크리고 있었다.

"거기 누구 있….."

망토처럼 길게 늘어진 코트를 입은 여자가 비틀거리면서 노란 불빛 한가운데로 나타났다. 키가 커서 천장에 닿을 것만 같았고, 검은 폭포수처럼 흘러

내린 머리카락이 얼굴을 죄다 가렸다. 코트는 온통 피처럼 붉은 자국투성이었다. 등골에 소름이 돋았다. 이젠 하다못해 귀신까지 나오는 거야? 민수는 복순을 버리고 뒤돌아 도망칠 결심을 했다.

"도, 도와주세요…."

여자는 외마디 외침과 함께 기절했다.

민수는 여자가 누군지 알아봤다. 4층에서 핫도그를 숭배하는 그 열세 명 중 하나! 나이를 가늠하기 어려운 외모였다. 민수는 쓰러진 여자 곁에 무릎 꿇었다. 어깨를 흔들고 괜찮냐고 귀에 대고 고함을 질렀지만 일어날 기미가 없었다. 여전히 핸드폰은 먹통이었다. 민수는 한참을 고민했다. 상식적으로 눈앞에 기절한 사람이 있으면 도와줘야 도리일 것이다. 하지만 내가 자리를 비운 사이 피복 벗겨진 전선에서 불이라도 난다면? 내가 둘러업다 실수해서 이 사람이 더 다친다면? 아니, 그렇다고 한들 지금 이 사람에게 무슨 일이 일어났는지 알아봐야 한다는 데에는 변함이 없었다. 전압실은 몇 분 후에 와서 점검해도 괜찮을 것이다.

여자를 업으니 쌀 포대 자루를 짊어진 듯한 무게
가 등판을 압박했다. 복순이는 그 고통을 아는지
모르는지 지상으로 이어지는 계단을 먼저 모두 오
르고 나서는 꿀꿀거렸다. 마침내 1층에 발이 닿자,
식은땀으로 샤워한 것처럼 온몸이 축축해졌다. 하
마 같은 몸무게가 어깨를 짓누르자 내동댕이치고
싶은 충동이 잠시 일었으나… 함부로 내려놓으면
계단 모서리에 부딪혀 여자의 뼈가 작살날 수도 있
었다.

출입구로 나갔다. 건너편 2층에서 쌍안경으로 내
려다보는 사내가 달빛에 비쳐 보였다. 민수가 고개
를 들자마자 사내는 창가 뒤로 몸을 숨겼다. 저 개
자식은 뭘 원하는 걸까? 끓어오르는 짜증을 억누
르는데, 출입문 바로 옆에서 익숙한 남성의 뒷모습
이 눈에 들어왔다.

"송 실장님!"

직함이 불린 중년 남성이 천천히 뒤를 돌았다.
민수는 흠칫했다. 송 실장은 눈이 하얗게 뒤집혔고,
속삭이는 듯한 소리로 한참 뭔가 중얼거리고 있었
다. 그리고 그의 손에는… 덜 익은 떡갈비가 들려

있었다.

송 실장이 난데없이 고성을 질렀다.

"이 떡갈비를 먹어!"

민수는 개똥 밟은 것처럼 펄쩍 뛰어 뒤로 물러났다. 덩치를 업고 있는 상황에 어디서 힘이 솟아났는지 모를 일이었다. 송 실장은 정신 나간 소리를 반복하며 기름 줄줄 흘러내리는 떡갈비를 각목 휘두르는 조폭인 양 내저었다.

"당장 떡갈비를 처먹으라고!"

민수는 스트라이크 볼처럼 날아든 떡갈비를 아슬아슬하게 피해 길가로 달려 나갔다. 송 실장은 무언가 잘못되어도 단단히 잘못되었다. 짊어진 무게의 압력이 민수의 허리를 내리눌렀다. 고통 속에서도 민수는 직감적으로 도망가야겠다는 생각이 들었다. UFO 음모론이란 거, 되게 위험하다는 생각이 잠깐 머릿속을 헤집고 지나갔다.

민수는 방향을 꺾어 빌라 사이로 접어들었다. 복순이도 송 실장이 수상하다 느꼈는지 민수를 따라 달리고 있었다. 과연 송 실장의 고함 소리가 어깨 너머에서 쫓아왔다. 두 번 더 코너를 돌자, 골목길 전

봇대 아래에 누군가의 실루엣이 보였다. 늦은 새벽에 쓰레기를 버리러 나온 동네 아저씨인가 싶었다. 민수는 사람 살려달라고 소리쳤다. 아저씨가 뒤를 돌았을 때, 민수는 실수였음을 깨달았다. 동네 아저씨 역시 손에 떡갈비를 쥐었고, 눈이 허옇게 뒤집혀 핏발이 서 있었다.

"떡갈비 좋아해?"

아저씨가 히죽거리며 물었다.

민수는 여자를 업은 그대로 멈춰 서서 숨을 골랐다. 함정에 빠졌다. 이 골목에는 그 아저씨 한 사람만 있는 게 아니었다. 불 꺼진 가로등 뒤편에서, 반쯤 내려간 철물점 슬레이트 밑에서, 길가에 주차된 트럭에서, 빌라 창가에서, 눈이 뒤집힌 사람들이 떡갈비를 들고 민수를 쳐다보고 있었다. 민수는 다리에 힘이 풀렸다. 등 뒤에 당도한 송 실장이 만면에 웃음을 띠었다.

"이 동네 처음부터 진짜 이상했어."

민수는 거친 숨을 몰아쉬며 울상을 지었다. 눈 뒤집힌 인간들이 민수를 포위해왔다.

돌연 이륜구동 엔진 소음이 새벽 공기를 갈랐다.

헤드라이트 불빛이 눈 뒤집힌 군중들 사이의 어둠을 꿰뚫었다. 갑자기 쏟아진 빛에 민수는 반쯤 눈을 감았다. 사람들이 청새치처럼 길가로 튀어 올라 뭔가를 피하고 있었다. 골목 끝에서 오토바이 한 대가 전속력으로 달려오는 중이었다! 운이 좋지 못한 한 사람이 커다란 앞바퀴에 깔려 비명과 함께 데굴데굴 굴렀다. 오토바이 몸체가 도로에 반원을 그리며 민수의 코앞에 정지했다.

"어서 타!"

오토바이 핸들을 붙잡은 구원자는, 옥상에서 쌍안경으로 민수를 감시하던 그 사내였다. 오토바이에 치였던 사람이 멀쩡히 일어나 떡갈비를 휘두르면서 덤벼들었다. 사내는 허리 벨트에서 삼색 버튼이 달린 전기충격기 모양 물건을 재빨리 꺼냈다. 빨간 버튼을 누르자 시퍼런 광선이 쏘아지며 떡갈비 마니아가 허공으로 튕겨 나갔다.

민수는 업고 있던 여자를 오토바이에 앉혔다. 민수의 생존 본능이 여기서 조금이라도 더 멀쩡해 보이는 사람을 따라야만 한다고 말하고 있었다. 그런데 복순이를 태울 좌석이 남지 않았다. 사내는 매정하게도 곧장 액셀을 밟았다. 민수는 오토바이에 발을 걸친 채, 점차 뒤편으로 멀어져가는 반려 돼지를 바라봤다. 달려오는 사람들 사이에서 복순이는, 돼지 코를 높이 들어 자신도 데려가달라는 듯 꿀꿀 울부짖었다.

언젠가 수진은 민수에게 암호를 만들자고 했다. 위급한 상황에 서로에게 쓰일 수 있는 단어가 있었으면 좋겠다는 말이었다. 모스 부호나 국어 형태소 구조를 활용한 고차원적인 암호가 후보에 있었지만 전부 기각되었다. 민수는 모스 부호와 국어 형태소 자체가 난해했다.

"그럼 특정 단어를 포함시키자. 돼지, 낙지, 로봇이 들어가는 문장을 만드는 거야. 어때?"

그날 편의점 앞에서 민수는 수진에게 딱밤을 하도 많이 맞아 이마가 두 동강 날 거 같았다. 자신감 없는 소리를 할 때마다 수진이 딱밤을 때리겠다고 선언했기 때문이었다. 그러다 뜬금없이 암호 제작을 제안한 것이었다.

"…암호는 왜?"

"말했잖아. 누군가가 너를 필요로 할 순간이 언젠가 찾아올 거라고. 내가 위급한 상황일 때, 혹시 모르잖아, 네가 날 구해줄지."

잠의 세계로 침잠해가던 민수가 고개를 얼른 들었다. 꿈결에 아른거리던 수진의 모습이 아지랑이처럼 흩어졌다. 남자는 인설동 외곽으로 한참 오토바이를 몰고 있었다. 민수가 뒷좌석에서 깜빡 졸았던 모양이었다.

"프로틴 좀비들이야."

남자가 입을 열었다. 남자는 해병대처럼 머리를 짧게 깎고 두 귀에 금색 고리 피어싱을 하고 있었다. 어디서 비슷한 액세서리를 본 적이 있는데. 나이는 사십 대 정도일까. 오토바이는 인설동으로 들어오는 길목에 위치한 설중산 앞을 지나고 있었다. 오토바이가 산 한가운데에 뚫린 터널을 통과하자 산등성이로 둘러싸인 도로가 펼쳐졌다. 능선 너머에서 태양이 떠올라 깨트린 노른자 같은 빛을 퍼트렸다.

"네?"

"너처럼 프로틴 오라 수치가 높은 인간만 보면 환장하지."

사내가 이어서 말했다. 정면에 희끄무레하게 볕이 들이쳤다.

"13인의 떡갈비 위원회에서 무슨 일이 생겼나 보 군. 우두머리가 축출당한 걸 보니."

민수는 오토바이 좌석 안쪽으로 엉덩이를 밀착 하느라 질문할 시기를 놓쳤다. 세 명이 앉으니 살짝 만 실수해도 좌석에서 나가떨어질 것 같았다. 하지 만 민수는 어쩐지 이런 탑승 자세가 익숙했다. 수진 이 면허를 따자마자 오토바이에 아슬아슬하게 민수 를 태우고 서울 일주를 다녔던 덕분이었다.

"너희 송 실장에게 불시에 온 택배가 있겠지. 먹 는 거로. 그 안에 든 감염 물질이 사태의 원인이야. 프로틴 좀비가 된 놈은 두 가지 행동만 하거든. 주변 에 프로틴 오라를 방출하는 사람을 찾거나, 본인들 이 삼킨 감염된 음식을 강제로 먹이려 하거나." 사내 는 나지막이 중얼거렸다. "보아하니 냉동 떡갈비가 범인이었던 거 같군. 빌어먹을, 그 택배들이 문제라 는 걸 진즉 알아차렸어야 했는데."

민수는 인상을 찌푸렸다. 확실히 송 실장은, 냉동 떡갈비를 먹겠다고 한 뒤에 떡갈비 좀비가 됐다. 그러나 민수한테도 떡갈비가 배달왔었다.

"이해가 안 되나? 이따 더 설명해주지."

궁금한 건 많았지만 민수는 일단 입을 다물기로 했다. 우리를 어디로 끌고 가는 거며… 동네 주민들의 변화와 그 시퍼런 광선의 정체… 무엇부터 물어야 할지 감조차 안 잡혔다.

오토바이는 강가에 세워진 굴다리 아래편으로 진입했다. 내리막 도중 출입 금지 팻말이 보였으나 사내는 무시했다. 다리 아래는 집중호우가 쏟아지면 금방이라도 물에 잠길 것처럼 강물과 지면이 아슬아슬 맞닿아 있었다. 사내가 오토바이를 풀숲에 숨겨두는 동안 민수는 핸드폰을 확인했다. 통화권 이탈 표시는 지워질 기미가 안 보였다. 곧 사내는 민수더러 여자를 업으라 지시한 뒤(민수는 슬슬 척추에 무리가 올 지경이었다), 기둥 사이를 걸어 다리가 시작되는 벽면 앞에 섰다. 벽면은 방수포로 덮여 있었다. 사내가 방수포를 젖히자 맨홀처럼 뚫린 입구가 나타났다.

"먼저 들어가."

헐떡거리며 도달한 터널 안쪽 공간은 경탄이 흘

러나왔다. 사방에 모니터가 달렸고 유압프레스처럼 작동하는 알 수 없는 기계가 설비된 채였다. 모니터 화면에는 난장판으로 흩어진 컴퓨터 용어처럼 알아보기 힘든 단어가 잔뜩 쓰여 있었다. 확실히 정상적 사고 범주 이상의 일에 휘말린 게 틀림없었다! 수진한테 지금까지 일을 털어놓으면 개꿈 꿨냐고 꿀밤을 몇 대 맞겠지만⋯ 눈을 비벼도 눈앞의 현실은 바뀌지 않았다.

사내는 낚시용 의자를 끌어와 사이비 여신도를 걸터앉힌 후 모니터와 기계 사이에서 한동안 씨부렁거리며 혼자 씨름했다. 민수가 지금이라도 달아날까 고민하는 순간 사내가 왼손에 초록 액체가 담긴 물컵을 들고나왔다.

"소개가 늦었군." 사내가 오른손을 들어 별 문양이 새겨진 금빛 배지를 눈앞에 들이댔다. "나는 '특별히 영험한 생물을 감시하는 기밀 부서', 특영물 관리부에서 긴급 호출된 정부 요원, 조수환이다!"

엊그제였다면 상대가 방금 본드라도 불고 온 건 아닐지 의심해봤을 것이다. 그리고 죄송하다고 하면서 뒤도 안 돌아보고 달아났을 것이다. 하지만 30분

전 사내가 쏘아대던 시퍼런 광선을 반추해본다면, 믿을 만한 이야기일 수도 있을 것 같았다.

"왜, 못 믿겨?"

조수환이 다그쳤다.

"아, 아, 아뇨. 믿…."

"그렇담 믿게 해줄게."

수환은 민수의 말을 다 듣지도 않고 낚시용 의자로 성큼성큼 다가가더니 초록 액체를 여자의 얼굴에 끼얹었다. 초록 액체는 흘러내리다 말고 중력을 무시하듯 다시 얼굴 위로 올라가, 여자의 코와 입으로 침투해 들어갔다. 여자는 숨을 크게 들이켜고는, 놀란 토끼처럼 눈을 번쩍 뜨고 숨 막힌 듯 캑캑거리기 시작했다.

"이봐, 여길 봐! 그래 옳지. 곧 괜찮아질 거야. 자자, 난 특영물 관리 부서, 즉 특관부 요원, 일련번호 ARC435 조수환 과장이라고 한다! 13인의 떡갈비 위원회는… 어떻게 됐지!?"

금세 호흡이 안정된 여자는 숨을 골랐다. 여자는 수환과 얼굴을 마주하고는 눈동자를 굴렸다. 이윽고 입을 열었다.

"특관부 요원 김소영, 일련번호 TYI256가 보고드립니다. …13인의 떡갈비 위원회는, 소시지 신에게 함락당했습니다."

"소시지 신이요?"

두 사람은 민수를 한구석에 내버려두고 뭔가를 한참 논의하더니, 민수에게 다가와 헛기침하곤 입을 열었다. 둘의 표현 그대로 옮기자면, '지금 벌어지고 있는 일은 단백질과 지방으로 이루어진 떡갈비 차원에서 지구를 노리는 소시지 신이 초래한 일'이라고 했다.

"진지하게 하는 얘기죠?"

민수는 두 사람의 얼굴을 살폈다. 둘 다 장난기 하나 없는 심각한 표정이었다.

"그래. 천돈빌딩 바로 아래서 소시지 신은 언제든 강림할 준비를 하고 있다. 저 깊은 땅굴 속에서!" 수환이 격양된 목소리로 말했다. "아까 너에게 달려들던 그 프로틴 좀비들? 소시지 신의 꼭두각시가 된 놈들이라고! 소시지 신의 저주가 정말로 코앞에…"

"자, 잠, 잠, 잠, 잠깐만요." 민수는 당황해서 말을 심하게 더듬었다. "좀 천천히 설명해주실 수 있을까요?"

수환과 김소영 요원은 눈을 잠시 마주쳤다가, 서로 한 번 고개를 끄덕였다.

"…옛날, 이 동네의 갓죠탕 가공육 공장에서 '떡갈비 차원'과 조우가 이뤄졌다는 거 아나? 당연히 모르겠지! 들어봐. 지금으로부터 한 30년 전, 공장 지하층 바닥이 죄다 무너졌는데…."

수환의 설명에 따르면 무너진 잔해 너머로 코끼리 열 마리도 넘게 들어갈 만한 크기의 땅굴이 아가리를 벌리고 있었다. 인부들이 들여다본 땅굴 아래는 기하학적 형태의 사물이 사방에 가득했다. 몇 시간 뒤 폴리스 라인을 헤치고 들어와 잔해를 조사한 특관부 요원들은 모종의 차원 간섭 현상이 일어나 인설동 땅 아래에 차원 통로가 발생했다는 결론을 내렸다. 정부는 사고 현장을 기밀에 부친 뒤 공장을 특관부 관리하에 두고 땅굴 연구를 실시했다. 곧 땅굴 너머 차원의 모든 사물이 단백질과 지방으로만 구성됐다는 사실이 밝혀졌다!

"떡갈비 차원의 단백질과 지방들은 어떤 힘의 기준을 일관적으로 따르고 있었다고 한다. 사물의 세

포가 조직된 방식과 사물이 활동하는 방식을 장악한 힘. '프로틴 오라' 말이야."

민수가 아까부터 수환이 말하는 프로틴 오라가 무슨 뜻인지 더 설명해달라고 할까 주저하는 와중 소영이 끼어들었다.

"그러던 어느 날… 차원 조사에 참여한 특관부 연구원들이 밤마다 이상한 꿈을 꾸기 시작했어요! 그게 바로 소시지 신이 보낸 첫 번째 신호였죠."

꿈의 내용은 다들 비슷했다. 슈퍼마켓에서 판매하는 '천하장사 소시지'와 닮은 나선형 물체가 친절하게 말을 걸어왔다는 것이다. 연구원들은 나선형 물체와 함께 밤하늘을 날았다거나 돌아가신 할머니와 식사를 했다는 등의 소리를 지껄였다. 그리고 며칠이 지나지 않아 특관부는 꿈속의 대상과 직접 조우하기에 이르렀다.

땅굴 너머를 조사하던 탐사 로버 앞에 나선형 물체가 광역 버스만큼 거대한 모습으로 출현했다. 화면을 멍하니 바라보던 특관부 연구원들은 홀린 듯 원격 광선 이동 장치를 작동시켰다. 뻗어나간 광선이 잠자리채처럼 목표물을 끌어당겼다. 암호명 '갓 소시지'라 불릴 그 물체는 여태껏 조사한 어떤 사물보다 방대한 기운을 비축한 채 주변의 프로틴 오라를 흡수하고 있었다.

그렇게 차원을 넘어온 갓 소시지는, 특관부에게 역사적 트라우마를 선사했다. 땅굴에서 튀어나오자마자 10미터 반경에 서 있던 연구원들의 몸이 깡통처럼 구겨지더니, 무생물 단백질 덩어리로 변이한 것이다. 정신 차린 한 연구원이 이동 장치에 내재된 방출 기능을 겨우 발동하여 갓 소시지를 땅굴 너머 차원으로 내던지지 않았더라면, 한반도를 거니는 모든 인간이 하루아침에 단백질 셰이크가 됐을지도 몰랐다.

"이게 24년 전, 갓죠탕 가공육 공장 대화재의 진실이지. 관계자들은 큰불이 났다고 속이고 공장을 철수시킨 뒤 땅굴에 수백 톤의 흙과 시멘트를 들이부은 거야." 수환은 뒷주머니에서 담배를 꺼내 물었다. "하지만 차원 간 장벽의 균열까지 원천 봉쇄하지는 못했지. 인설동 지하의 차원 통로로 천하장사 소시지 놈은 호시탐탐 되돌아오려 했어."

외환위기가 닥쳐오고 공장들이 철수하는 사이

갓죠탕과 정부는 '소시지 파티 프로젝트'를 주도했다. 갓 소시지가 차원을 이동해 오는 움직임을 보일 때마다 희생시킨 수십 명의 목숨을 발판 삼아 수립한 억제 대응책으로, 선별된 인원이 떡갈비 차원에 도사리는 소시지 신에게 프로틴 오라를 전송하는 정기적인 의식을 치러야 했다. 언젠가 갓 소시지가 차원을 건너와 세상 모든 인간을 무생물 덩어리로 변이시킬 수도 있다는 두려움 속에서, 지구를 수호할 13인의 떡갈비 위원회가 출범했다.

"그게… 이해가 잘 안 되는데…." 민수가 자신 없이 말을 꺼냈다. "일단 프로틴 오라가 뭔지 감이 잘 안 잡혀요."

"나도 이 바닥에서 오랫동안 일했지만 정확히는 몰라! 자넨 아나?"

수환이 또다시 소영을 돌아봤다.

"글쎄요. 우리 세계의 사물을 떡갈비 차원 기준, 즉 프로틴 오라로 측정할 수 있다는 건 알죠. 컵라면을 상상해봐요. 대부분의 컵라면은 물 붓는 비율이 비슷하단 말이에요. 하지만 특별히 물을 더 붓거나 덜 부어야 하는 제품이 출시되기도 하잖아요? 사람도 마찬가지예요. 특수한 프로틴 오라 수치를 가진 사람들이 존재하죠." 소영은 목을 가다듬었다. "소시지 신이 떡갈비 차원에 안착해 있을 정도의 '비율'이 아슬아슬하게 충족되려면, 특정한 수치의 프로틴 오라를 전송할 위치와 높이를 계산했어야 했어요. 전송 인원은 무조건 열세 명으로 맞췄고요. 그 이하면 충분한 프로틴 오라가 방출되지 않았고, 그 이상이면 우리가 소시지 신의 힘을 키우게 될 우려가 있었거든요. 전송 매개물은, 소시지 신과 가장 닮은 것을 선택했죠."

민수는 목요일 아홉 시마다 4층 사무실에 몰려들던 열세 명의 인간을 떠올렸다. 원형 문양 한가운데에 핫도그를 두고 주문을 읊던 게 소시지 뭐시기를 막기 위함이었단 말인가? 천돈빌딩도 그 목적으로 건설되었고? 민수는 침을 삼키고는 물었다.

"근데 무슨 일이 일어난 거예요?"

"…위원회 내부의 배신자에게 당했어요."

김소영이 낮게 중얼거렸다.

"배신자라면, 그 배신했다는 사람은 갓 소시지인가 뭔가가 세상을 뭉개버리기를 원한다는 건가요?"

소영이 수환의 눈치를 보다가, 고개를 끄덕였다.

"안 믿기겠지만, 맞아요. 저흰 그걸 '소시지 신의 양념에 절임당했다'고 표현해요."

양념에 절여진 자들은 하나같이 동일한 증상을 호소했다. 어느 날 세상에서 가장 탐스러운 소시지가 꿈속에 나타난다. 기름진 몸을 번들거리며 소시지는 자신을 먹어보라고 유혹한다. 그 꿈을 꾼 자는 소시지를 한입만 삼켜보고 싶다는 강박에 휩싸인다. 탐스러운 소시지는 생시에도 툭하면 눈앞에 아른거린다. 환상 속 소시지는 침 넘어가는 냄새를 풍기며, 해달라는 대로 해주면 먹을 수 있을 거라는 달콤한 목소리를 속삭인다….

"환상 속 소시지에게 굴종하게 되는 거죠. 저야 고기보다 면을 더 좋아해서 당하지 않았던 건지 모르겠지만…. 놈에게 양념당한 사람은, 13인의 떡갈비 위원회 멤버를 죽이려 들기까지 했어요."

"그렇게 될 때까지 위원회가 그냥 지속됐다고요?"

"말하지 않았나요? 수십 명을 희생해가며 각종 방지책을 세워봤지만 이것만 통했다고."

양념에 절여진 멤버를 제정신으로 되돌릴 치료법

은 몽둥이찜질이 유일했다. 소시지 어쩌고 하면서 군침을 흘리는 모습이 보이면 바로 청테이프로 포박해 실컷 패줘야만 했다. 나중에는 13인의 위원회에 식욕이 적은 사람만 선별한다는 조항까지 추가했을 정도였다. 하지만 위원회가 세대를 교체할 때마다 소시지 신의 양념에 절여지는 멤버의 수는 증가했고, 몽둥이찜질을 하는 횟수도 늘었다. 특히 이번에는 아주 교묘한 작전이 이뤄졌다. 결정적인 순간이 되기 전까지 배신자가 별다른 티를 내지 않았던 것이다.

"그래서 완전히 당한 거군." 수환이 납득했다. "우리의 보험 수단, '식인 38호'는 어찌 됐지?"

"배신자들이 어딘가에 숨겼어요."

"그렇다면 남은 방법은 하나군." 수환은 타들어가는 담배를 바닥에 던진 뒤, 신발 앞 축으로 비벼 껐다. "천돈빌딩에 잠입해 식인 38호를 작동시키는 것."

민수는 어쩐지 좋지 않은 예감이 들었다.

*

　지샘별미당이 관리하는 사육 전용 소행성은 먹보 궤도에 속해 있었지. 모두가 그곳에서 키워낸 생물로 요리한 음식을 즐겼지만, 사육 전용 소행성에 직접 가보기는 꺼렸어. 어떤 이는 얼음 결정체처럼 사방으로 지면이 삐죽삐죽 솟아난 소행성의 생김새를 보고는 죽음의 가시밭이라고 부르기도 했지. 하지만 나는 꼭 가고 싶었던 곳 중 하나였어. 지샘장의 사냥에 동원됐을 때처럼, 다른 행성의 동물들이 뽐내는 멋진 생태를 관찰할 기회일 줄 알았거든. 가시밭이나 죽음 같은 소리는 농담일 거라고 생각했어.

하지만 내가 처음으로 현장으로 나서자, 왜 다들 이곳을 꺼리는지 단번에 파악했지.

사육 전용 소행성은 중앙이 원통형으로 뚫려 있었어. 그 사이로 지샘 가문의 유생들을 태운 투명 우주선을 타고 들어갔지. 나는 가시가 잔뜩 돋아난 거대한 생물의 입속으로 뛰어드는 기분이었어. 너희들이었다면 몸을 부풀린 커다란 복어의 목구멍에 삼켜지는 느낌이었을 거야. 소행성의 내부는 현무암처럼 사방이 뚫려 있었고, 그 구멍들에 각종 동물이 꿈틀거리는 게 보였어. 날개를 펄럭이는 츄츄피라, 척추가 열 개가 넘는 목 긴 뱀새, 전자기 행성의 기계삼엽충까지, 나는 요리 재료가 될 여러 생물을 감탄해 마지않고 구경했어. 그런데 어쩐지 모든 동물이 힘없이 허공만 응시할 뿐이었지. 심지어 사나운 내핵 지네는 우리가 지나가자 불을 뿜으며 달려들려 했어. 지네는 보호 방벽에 부딪혀 뒤로 튕겨 나갔지.

우주선 조종 촉수와 뇌를 연결해 길을 인도하던 지샘환—나의 셋째 양육자였어—은 동물들이 유독 민감할 수밖에 없다고 했어. 몇몇을 골라 식당으로 운송해 음식으로 요리하는 날이라고 했거든. 그제야 나는 음식과 동물 간의 먼 거리를, 그 공백에 벌어지는 일의 의미를 비로소 깨달았어. 이곳은 단지 동물을 키워낼 뿐만 아니라 죽음이 항상 도사리는 공간이었지.

그때부터 나는 정신을 바짝 차렸지. 지샘환은 중간중간 동굴 앞에 멈춘 뒤 나와 나의 유사 동일체들에게 명령을 내렸어. 다들 주저하면서 네 쌍의 눈동자를 굴리기만 했어. 유사 동일체, 그러니까 너희 말로 형제 혹은 자매라 해야 할까? 우리는 생물학적 성이 오직 하나니까 그렇게 구분될 거 같진 않아. 우리는 열 개의 흐물거리는 팔을 채찍처럼 휘둘러 내핵 지네를 제압했고, 손을 물어대는 뱀새들을 쓰다듬어 진정시키는 법도 배웠지. 하지만 나는 그 일이 절대 익숙해질 것 같지 않았어. 요리할 동물을 맞이하러 가야 하는 순간마다 가장 주저하는 유생은 바로 나였어.

그렇게 첫 수확이 거의 끝나갈 무렵이었어. 지샘환은 가장 깊숙이 파인 구덩이로 우주선을 몰아갔지. 그가 설명하길, 우리 사업의 미래가 달린 동물에게 가는 중이라 했어. 지난번부터 손님들한테 유독 높은 인기를 차지한 동물이라 했지. 놈들을 부위별로 썰어 만든 특제 요리를 먹은 후, 다른 메뉴는 거들떠보지도 않았다는 거야. 투명 우주선이 마지막으로 도착한 동굴 안에는, 이족보행을 하는 영장류 두 마리가 두려움에 떨고 있었어. 이 영장류는 먹보 궤도로부터 일만 광년 떨어진 작은 행성에 번식하는 생물들이었어. 은하 연합과 독립 행성 조합의 경계에 기거하는 회색인들이 접시 모양 우주선을 타고 와서 납품하는 동물이었지. 회색인들은 영장류가 발 딛고 살아가는 푸른 행성이 접근하기 어렵다고 했어. 그곳의 공기가 그들에게는 마치 독약 같았다나 봐. 그래서 우리가 사들일 수 있는 영장류의 숫자는 무척이나 적었어.

지샘환은 그들을 대량으로 번식시키려 계획 중이라고 했지. 이제부터 우리 지샘별미당의 주요 상품이 될 존재이니, 그만큼 불티나게 팔려나갈 수밖에 없다는 거야. 영장류는 생물학적 성별이 두 가지인데, 우리와 달리 암수로 나눠진 두 존재가 생식기를 맞대고 특정한 행위를 해야 한다더랬지. 지샘환의 설명이 끝나고 우리는 동굴 안으로 촉수를 뻗어 두려움에 떨고 있는 그들한테 다가갔어. 그 모습이 불쌍했는지 누군가가 편히 안락사를 시켜줘야겠다고 중얼거렸어. 하지만 우리가 가까이 가자마자, 한 영장류가 기절하고 말았지.

그게 바로 너희, 인간들과 나의 첫 만남이야.

2

"살아가는 데 가장 중요한 게 뭔지 아니?" 민수의 아버지 박길산은 튀김용 집게를 엿장수처럼 딱딱 부딪치며 말하곤 했다. "어디로 가야 할지 파악하는 능력이란다."

여덟 살쯤에는 아버지가 그냥 돌아다니길 좋아해서 하는 말인 줄로만 알았다. 박길산은 일 년에 한두 번씩 지역을 옮겨가면서 포장마차를 여는 장소를 바꿨다. 심지어 한동안은 집도 구하지 못해 트럭 짐칸에서 난로를 켜고 생활했던 적도 있었다. 정착지마다 길산의 튀김 맛에 환장하는 사람들은 끊이지 않았으니 그건 그나마 다행이었다. 민수는 동네에서 사귈 만한 친구도 만들지 못한 채 아버지를 따라 이 단칸방에서 저 단칸방으로 이사를 다녔다. 길산은 성의껏 민수와 시간을 만들려 했지만, 민수가 혼자만의 시간에 익숙해지고 타인과 대화에 서툴러지는 건 당연한 수순이었다.

길산의 지역 이동이 잦아든 시기는 민수가 중학교를 입학하고 나서였다.

"너의 향후 방향을 위한 거란다."

민수는 아버지의 말이 학업이나 미래 진로에 관한 조언이라고 생각했다. 물론 길산은 민수의 바닥을 기는 성적에 대해 호된 말을 내뱉진 않았다. 그는 아들과 함께 짝퉁 닌텐도 게임기를 두들기며 이렇게 조언했다.

"그게 네가 나아가야 할 좌표가 아닌가 보지."

그렇다고 요리 비법을 전수해준 적도 없었다. 오히려 민수가 가재도구에 손을 대려고 하면 고함이 날아오곤 했다.

"너는 이거 말고 다른 걸 해야지!"

기회도 주지 않고 어찌하란 소린지, 민수는 알쏭

달쏭했다. 그 결과 민수는 학업을 마치는 동안 어떤 분야에도 재능을 발견하지 못했다.

나중에 아버지의 트럭에서 《氣와 超능력》이라는 책자를 발견하고 나서 민수는 헛웃음을 짓고 말았다. 요약하자면 기를 집중시킨 다음… 나아가고자 할 목표를 파악하고 마음을 다잡은 뒤, 모든 집중력을 쏟아부으면 초능력을 발휘할 수 있다는 내용이었다. 민수는 책에 쓰여 있는 대로 한번 해봤지만 어떤 일도 일어나지 않았다. 그러니까 이 헛소리하는 책자가 아버지에게는 일종의 자기계발서였다는 거지? 대강 검색해보니 1980년대 초능력 유행이 일어날 무렵 배포된 이상한 책 중 하나 같았다.

아무래도 길산은 숱한 충고와는 달리 스스로의 길은 잘 파악하지 못한 모양이었다. 길산이 충동적인 이사를 줄여나간 이유는 급속도로 나빠진 건강 탓이었다. 민수가 스물두 살이 됐을 때, 길산은 스스로 만든 특제 떡볶이 소스에 얼굴을 처박고 구급차에 실려 갔다. 그제야 민수는 아버지의 병세를 체감했다.

"그동안 아버지는 왜 내게 안 알려준 걸까?"

민수는 틈만 나면 수진한테 하소연했다.

그리고 현재, 민수는 인생 좌표 전반을 말아먹은 것만 같았다. 정부 비밀 요원들과 죠탕 떡볶이 바로 위층에 숨어 프로틴 좀비의 동태를 살피는 와중 자기 인생이 어떻게 펼쳐질지 기대하기란 불가능했다. 그들은 맞은편 천돈빌딩 3층 사무실로 침투할 계획이었다. 그곳에 '식인 38호'의 행방을 파악할 방법이 있었으니까.

"그러니까, 3층 사무실을 임대한 고글 쓴 알록달록 패셔니스트가… 사람이 아닌 거죠?"

민수는 목구멍까지 올라오는 '시골 힙스터' 소리를 꿀꺽 삼켰다.

"그래, 식인 38호는 인조인간이다."

수환이 말했다.

도대체 이치에 맞는 소리가 하나라도 있어야지. 민수는 절로 흘러나오려던 말을 속마음으로만 되새김질했다. 지금으로부터 한 시간 전, 비밀 터널에서 수환과 소영은 분주히 움직여 자전거 헬멧과 비닐 옷을 착용했다. 민수는 지금까지의 일을 제대로 소화하지 못해 속이 불편한 사람처럼 떨떠름한 표정을 짓고 앉아 있었다. 불시에 민수의 품으로 헬멧과 비닐 옷이 날아들었다. 엉겁결에 착용 장비를 받아 든 민수는 어리둥절한 얼굴로 두 사람을 올려다봤다.

"갓 소시지 대항용 방호복이다."

수환이 넌지시 말했다. 민수는 아직도 꿈만 같았다. 앉은 그대로 자신의 뺨을 힘껏 때렸다.

"이상한 짓 그만하고 방호복이나 얼른 입어요. 젊은 친구."

소영이 재촉했다. 통성명을 제대로 한 뒤부터 소영은 민수를 계속 젊은 친구라고 호명했다. 앳된 얼굴 치고 연령대가 높은 모양이었다.

"네?"

민수는 통증이 남은 뺨을 어루만지며 의아스럽게 비닐 옷을 펼쳐 들었다. 그냥 이 방 의자에 앉아 사태가 마무리될 때까지 기다릴 셈인데 무슨 소리람.

"작전에 그쪽도 포함이라던데요."

소영이 상사를 가리켰다.

"네?"

민수는 프라이팬으로 뒤통수 맞은 것처럼 눈알이 튀어나올 뻔했다. 수환이 멀리서 엄지손가락을 치켜들었다.

"다른 방도가 있지 않나요? 인력 지원 요청이라든지…."

민수가 소심하게 제안했다. 수환과 소영은 동시에 서로 마주 보았다.

"사태의 심각성을 전혀 모르는군요." 소영이 팔짱을 꼈다. "맘 같아선 나도 집에 가서 매운 라면이나 한 사발 끓여 먹고 싶어요. 저한테 그 충동을 가로막을 정도면 진짜 중요한 일이라고요. 젊은 친구."

소영의 강한 어조를 보아하니 농담이 아닌 모양이었다. 수환은 후배 요원을 진정시켰다.

"여기서도 휴대폰이 안 터지는 이유가 뭔지 아나? 소시지 신이 힘을 발산하는 영역이 그만큼 확장되고 있단 거야. 영향 범주는 지금도 늘어나고 있겠지. 급해 죽겠는데 언제 다 연락을 돌리고 지원 인력을 기다리겠어?"

민수는 바닥에 드러눕고 못하겠다고 투정 부리면 이 사람들이 포기하고 그냥 가지 않을까 잠시 고민했다. 수환이 민수한테 자격이 충분하다고 설득하지 않았다면, 진짜 도망이라도 쳤을지도 몰랐다.

"쌍안경 인터페이스에 너의 놀라운 프로틴 오라 수치가 찍혔지." 수환이 항상 들고 다니던 쌍안경의 상단에 흑백 전자사전 스크린같이 픽셀 문자가 쓰인 면을 톡톡 쳤다. "감염된 떡갈비 따위, 너는 먹었지만 멀쩡하잖아! 프로틴 오라가 네 몸에서 면역 체계를 형성해 좀비화를 막은 거야. 수치가 얼마나 높은지 놀라울 정도라니까."

수환은 너무나 평온한 얼굴로 로봇 '식인 38호'을 탈취하면 되는 간단한 임무라고 설명했다. 소시지 신의 강림에 얽힌 거대한 비극을 풀어놓은 다음이라, 그에 비하면 동네 편의점을 들르는 수준의 작전처럼 들리는 효과가 일었다. 비닐 옷과 헬멧이 우스워 보여도 '갓 소시지 대항용 방호복'이라는 근사한 이름을 지녔다는 이야기도 덧붙였다. 일단 착용하면 프로틴 오라 발산을 차단해서 프로틴 좀비들이 민수의 움직임을 감지하지 못할 거라고 했다.

그렇다면 별다른 위협이 없는 걸까? 정말로 내가 도움이 될 수 있지 않을까? 아니, 무슨 허튼소리야. 저들은 도와줄 사람이 하나도 없으니 머릿수나 채워보려는 거라고. 굶주린 사냥개처럼 단체로 달려들던 무자비한 주민들을 떠올려봐! 하지만 가슴 속을 맴도는 목소리가 민수를 부추겼다. 언젠가 너를 필요로 할 사람이 있을 거라던, 수진의 한마디가.

민수는 사이즈 작은 비닐 옷을 터질 듯 껴입은 채, 잠입 작전에 함께하기로 결정 내린 자신을 저주했다. 수면 부족으로 눈꺼풀이 10초 간격으로 내려왔다. 두통이 후두부를 쑤셨다. 다행히 동네는 하루아침에 유령 도시로 변한 듯 상가로 접근하는 동안 마주친 사람은 하나도 없었다. 편의점과 약국, 식당은 영업을 하지 않아 어두컴컴하기만 했다. 상가로 숨어드는 동안 특관부 요원들은 식인 38호의 특징을 진술했다. 특관부가 '특별히 관리하는 기이한 존재들'을 굴러다니는 먼지를 빨아들이는 진공청소기마냥 죄다 해치울 수 있도록 제작한 만능 로봇이라 했다. 대신 식인 38호에게 명령을 내리려면 13인의 떡갈비 위원회 위원장, 김소영의 생체 인식을 거쳐야만 했다.

민수는 천돈빌딩이 갈라지며 거대 로봇이 튀어나와 프로틴 좀비를 휩쓸어버리는 광경을 연상했다.

정부 요원이라면 그 정도 스케일은 기본 아닐까? 하지만 조수환이 핸드폰 화면으로 보여준 식인 38호의 모습은 거대 로봇에 비해 무척 초라했다. 고글이나 끼고 다니는 시골 힙스터 따위가 만능 로봇이라니. 이쯤 되자 개떡 같은 건물 이웃 모두가 상식 밖 존재일 거라는 확신이 들었다.

"그러면 오랑우탄 닮은 2층 아저씨는 뭐 하는 사람인가요?" 민수는 10초마다 트림을 뿜어대던 아저씨를 떠올리며 비아냥거렸다. "희대의 입냄새 초능력자라 해도 될 거 같던데요."

"그분은 일반인이야. 원칙상 한 명은 제대로 된 세입자를 받아야 한다고 해서."

수환이 허튼소리 하지 말라는 듯 상판을 구겼다.

창가에서 천돈빌딩을 염탐하던 그들은 동네에 아무도 안 보이던 이유를 간파했다. 방호복을 착용해 자신들의 프로틴 오라를 감췄기 때문만이 아니었다. 프로틴 좀비가 된 주민들이 죄다 천돈빌딩 안에서 요새를 지키는 병사들처럼 층마다 복도와 계단에 모여 있었다. 만원 지하철처럼 꽉꽉 채워놓은 틈바구니를 민수는 어떻게 헤쳐 나가야 하나 아득해졌다.

"젊은 친구, 겁나요?" 소영이 민수의 옆으로 와서 물었다. 민수는 물어야 아느냐는 표정을 지으려 애썼다. "겁나겠죠. 근데 말했다시피 사태가 심각해요. 지금 왜 따라왔을까 후회하고, 왜 고생해야 하는지 잘 안 와닿을 수도 있어요. 나도 예전에 그랬으니까. 원래 현장직 요원이 아니라 컴퓨터나 두들기며 정산만 하던 사무직이었거든요. 그런데 적합한 프로틴 오라를 가지고 있다면서 인설동에 내려보내더라고요. 십 년째 막국수 하던 사장님한테 누가 강제로 쌀국수 하라고 시킨 것처럼요! 일이 개판으로 돌아간다고 생각했죠. 알고 보니 저말고 모두가 다른 부서에서 강제로 전입해 왔다면서 징징거리더라고요. 13인의 떡갈비 위원회에서 선배들이 은퇴하고 사람이 교체되는 동안 깨달았죠. 이 바닥에선 막국수 하던 사장을 쌀국수 사장으로 바꾸는 짓이 상습적으로 일어난다고."

민수는 소영의 비닐 옷 아래로 보이는 핏자국을 턱짓했다.

"…살벌한 일을 겪고도 계속하시는 게 대단하네요."

소영은 코트에 묻은 핏자국을 살피더니 본인 것이 아니라고 했다. 소시지 신의 양념에 절여진 놈들에게

서 도망치던 중 놈들의 코뼈를 깨부수는 과정에서 코피가 튄 흔적이었다.

"특공 무술을 오래 배웠거든요."

그래도 배신자 열둘은 상대하기 버거운 숫자였다.

"그냥 정면 돌파해?"

수환은 쌍안경을 들여다보며 한쪽 손으로 허리춤에 달린 전기충격기 모양 도구를 만지작거렸다.

"정면 돌파해야 할 사람이 너무 많습니다, 선배님." 소영은 전기충격기 모양 도구를 보며 말했다. "마비총 그거 풀충전 해도 네 번이 최대잖아요."

"답답해서 해본 소리였어." 수환은 쌍안경에서 눈을 뗐다. "첫 잠입 목표는, 관리사무실로 하자고."

수환이 관리사무실을 차지하기로 결정한 이유는 간단했다. 그곳은 거점이 되기 충분한 장소였으니까. 관리사무실은 CCTV 화면과 공지 방송용 마이크가 설치되어 있었다. CCTV는 건물 전체 상황을 구체적으로 파악하는 데 유용했고, 마이크는 프로틴 좀비들을 유인하는 방송을 틀든가 놈들이 싫어하는 899787메가사운드 음성 단위로 고막 테러를 한다든지 다양한 용도로 쓰일 수 있었다.

"고막 테러하면 우리 고막은 멀쩡한가요."

"아니, 이어플러그 껴야 해. 사실 이어플러그도 그다지 소용없을지도 몰라. 정말 예민한 사람은 귀에서 피가 날 수도 있는데 그럴 땐 빨리 이비인후과 진료를…."

소영이 헛기침하며 두 사람의 말을 끊었다.

"걸리는 게 있다면 그 안에 프로틴 좀비나 배신자들이 드글드글할 수도 있다는 거죠. 놈들도 관리사무실의 중요성을 눈치챘다면 가만두지 않았을 테니까."

민수는 마지막으로 사무실을 나서기 전 문을 걸어 잠근 기억을 떠올렸다. 손을 안주머니에 집어넣자 복순이에게 먹이다 만 쿠키 반쪼가리와 관리인용 열쇠 꾸러미가 만져졌다.

"저기, 운 좋으면 그놈들이 진입을 못했을 수도요."

민수가 과자 부스러기 묻은 열쇠 꾸러미를 들어 보였다.

"이 친구, 도움이 될 줄 알았어."

수환은 작은 노트와 볼펜을 꺼내 그간 천돈빌딩

을 관찰한 기억을 살려 1층 도면을 그렸다. 관리사무실은 건물 앞뒤 벽면에 닿도록 세로로 길게 지면을 차지하고 있었다. 현관문이 복도 한가운데에 있어 어디로든 몰래 출입하기 어려웠다.

"어디 개구멍이라도 있으면 좋을 텐데."

수환의 말에 민수는 고민하다가 건물 뒤편을 가리켰다.

"어, 이승현 실장이 비밀 인계 사항이라면서 알려준 게 있어요. 열쇠를 잃어버렸거나 긴급할 때 이렇게 하라고."

건물 뒤편에 난 높은 채광창으로 관리사무실에 진입하는 방법이었다. 바닥과 가까이 설치된 환기구의 윗면으로 손바닥만큼 튀어나온 난간을 밟고 오르다 보면 채광창이 손에 잡힌다고 했다. 창을 열고 안으로 뛰어내려 제대로 안착하기만 하면 진입 성공이었다.

"음, 그럼 빌딩 뒤편으로 가서 프로틴 좀비가 몇 명인지 좀 살펴봐. 지금 당장."

수환이 지시했다.

"왜 그걸 제가…."

"세상을 구할 기회라고. 용감한 주인공이 되고 싶지 않아?"

민수가 주저하자 수환이 다그쳤다.

"몰래 숨는 거 잘 못해요. 어릴 때 숨바꼭질하면 맨날 술래였어요."

"안 숨어도 돼. 어차피 시선을 끌어야 할 존재가 필요했어. 방호복도 벗고 가."

"저 달리기 느려요. 금방 잡힐 거에요."

소영이 민수의 어깨를 두드렸다.

"괜찮아요. 위험해지기 전에 도와주러 갈게요."

안 괜찮아, 내가 안 괜찮다고! 민수는 상가를 빙 돌아 뒷골목으로 나서면서 이를 부득부득 갈았다. 비닐 옷과 헬멧은 줬다 뺏는 법이 어딨냐고. 처음에는 애들 장난감 같은 구성을 의심했지만, 지금은 정말이지 벌거벗은 기분이었다.

뒷문을 지키는 프로틴 좀비는 정육점 아주머니, 바지를 걷어붙인 할아버지, 체격이 떡 벌어진 장년 남성, 남자 고등학생 이렇게 넷이었다. 민수는 험상궂은 표정을 지은 채 그들에게 다가섰다. 민수는 예

전부터 육체적인 싸움에 휘말리길 꺼렸다. 십 대 시절 외톨이였던 그를 지켜준 특징 중 하나는 각진 얼굴과 비뚤어진 눈썹으로 완성된 더러운 인상이었다. 깡패 같은 아이들이 시비를 걸어오면 민수는 무작정 사과했지만, 마음이 약한 친구들은 그의 얼굴을 보자마자 식겁하기도 했다.

그 인상은 나이가 들어서도 나아지지 않아 큰 오해를 불러일으킨 적도 있었다. 집 근처 김밥집에서 라면을 흡입하던 중이었다. 꼬마 한 명이 김밥을 먹기 싫다며 칭얼대자, 어머니로 보이는 중년 여성이 쩔쩔 맸다. 모자를 눌러쓴 남성이 애새끼 참 시끄럽네 어쩌고 하며 욕지거리를 내뱉었다. 중년 여성이 숟가락을 탁 내려놓고 일어났다. 민수는 더 큰 고성이 오가기 전에 도망가야겠다 싶어 라면을 더 빨리 흡입했다. 공교롭게도 중년 여성은 민수의 테이블 옆에 멈췄다.

"당신, 그딴 식으로 무서운 표정 짓고 있으면 겁낼 줄 알아?"

이어지는 억울한 이야기들. 아직 세상 물정 모르는 아이가 조금 칭얼댈 수도 있지 그걸 못 참느냐 등등. 다 맞는 말이었지만 민수는 분노의 방향을 바로

잡고 싶었다.

"제가 아니라 저 사람이 한 말…."

모자 쓴 남성은 비겁하게도 줄행랑을 친 뒤였다.

"저, 언니. 그 사람이 그런 거 아니에요."

구석에서 조용히 라볶이를 먹던 제3자가 등장했다. 도와준 사람은 다름 아닌 매번 큰 소리로 시끄럽게 하던 이웃 여성이었다. 웬일인지 여자는 변호하는 말을 늘어놓고는 민수를 아이와 중년 여성이 안 보이는 번화가까지 끌고 갔다.

"십 년이 넘어도 넌 여전히 답답하구나."

여자가 불쑥 말을 꺼냈다. 민수는 그제야 옛 친구를 기억해냈다.

"조수진?"

네 명의 프로틴 좀비는 민수의 프로틴 오라를 감지하자마자 떡갈비를 손에 붙든 채 입가에서 침을 뚝뚝 흘렸다. 민수는 애써 찌푸린 눈썹에 더욱 힘을 줬다. 프로틴 좀비들은 쫄아붙기는커녕 떡갈비를 쥔 손을 휘저으며 달려왔다.

"젊은이, 떡갈비 잡숫게나!"

종아리까지 바지를 걷어 올린 노인이 맨 앞에서 소리쳤다. 민수는 어설픈 싸움 동작을 취했다. 노인이 민수를 덮치며 떡갈비를 먹이려 할 때, 양옆에서 비닐 옷과 헬멧으로 무장한 두 요원이 튀어나왔다. 수환은 마비총을 꺼내 삼색 버튼 중 파란 버튼을 눌렀다. 손잡이 하단에서 바늘이 튀어나왔고, 노인의 목에 냅다 꽂아버렸다. 노인은 줄 끊어진 꼭두각시 인형처럼 허물어졌다. 수환은 노인의 목에서 총을 뽑자마자 뒤에서 달려드는 고등학생의 목에 박아넣었다.

소영은 정육점 아주머니의 복부에 니킥을 날려 쓰러트렸다. 체격 좋은 장년 아저씨가 떡갈비를 쥔 손을 휘둘렀다. 수환이 민수한테 서두르라고 외쳤다. 민수는 환기구 위로 몸을 던지는 동시에 난간을 헛디며 복사뼈가 모서리에 부딪혔다. 아픔을 참으며 난간을 딛고 올라 채광창을 열려고 했다. 뒤에서 아저씨와 두 요원이 몸싸움하는 소리가 들렸다. 민수는 채광창을 더듬거리다 창틈으로 손톱을 밀어 넣었다. 손끝이 찢어지는 느낌과 함께 창이 들렸다. 발이 미끄러져 엉덩방아를 찧었다.

소영이 달려와 난간을 밟고 뛰어올라 창틀을 붙들더니, 헬멧을 창 너머 사무실 안쪽에 내팽개치고 허리를 숙여 다이빙하듯 몸을 던졌다.

"도망쳐!"

어느새 다가온 수환이 민수의 목덜미를 잡아 일으켰다. 장년 남성이 성난 황소처럼 거칠게 숨을 내뿜으며 돌진해오고 있었다. 2 대 1로도 저 아저씨는 쓰러트리지 못한 것이다! 민수가 환기구 위로 발을 내딛는 사이 수환이 한 바퀴 돌아 아저씨한테 헬멧을 배구공처럼 집어 던졌다. 아저씨는 한 손으로 헬멧을 가볍게 쳐낸 뒤 떡갈비로 수환의 뺨을 때렸다.

민수가 몸을 반쯤 사무실 안으로 밀어 넣자, 의자에 올라선 소영이 민수의 팔을 잡아당겼다.

"아직 닫지 마!"

떡갈비에 얻어맞으면서 골목 끝까지 달려갔다가 돌아온 수환이 비명 질렀다. 그러고는 재빨리 난간을 밟고 올라 민수의 바지에 매달렸다. 민수는 안간힘을 써 한 팔로 벽을 밀고 한 팔은 소영의 손을 꽉 잡아 사무실로 들어가려 했다. 갑자기 하반신에 볼링공 같은 무게가 더해졌다. 아저씨가 수환의 발을 끌어내리는 동시에 떡갈비로 엉덩이를 후려쳤다.

"떡갈비 안 먹으면 어디 못 간다!"

민수의 하반신에 두 남자가 줄줄이 사탕처럼 매달렸고, 상반신은 소영이 줄다리기하듯 끌어당겼다. 창틀이 허리를 압박해 몸이 위아래로 두 동강 날 것만 같았다. 민수는 통증이 너무 심해서 눈물을 흘렸다. 엉덩이를 두들겨 맞던 수환이 기합을 내지르며 마비총을 꺼내 아저씨의 팔을 내리찍었다. 팔뚝에 마비총이 꽂힌 아저씨의 힘이 풀리는가 싶더니 뒤로 나자빠졌다. 민수는 다리에 매달린 수환과 함께 관리사무실을 나뒹굴었다.

먼지를 털고 일어나 살펴본 관리사무실은 햇볕이 비추는 곳을 제외하면 온통 그늘져 있었다. CCTV 화면, 전등, 멀티탭까지 전부 먹통이었다. 소영이 사무용 책상 옆에 놓인 마이크를 켜고 두들겨봤으나 방송이 울릴 기미는 없었다.

"운 더럽게 없네. 여전히 정전에다 마비총은 잃고, 엉덩이는 겁나 아프고! 이건 또 뭐야!"

수환이 가리킨 서가 옆에 복순이가 꿀꿀거리면서 제멋대로 뜯어진 봉지에서 새어 나온 사료를 먹고 있었다.

"거시기, 제가 들켰나 봅니다."

어디선가 나이 든 남성의 목소리가 들렸다. 의자가 밀리더니 책상 아래서 초록 머리 남성이 두 손을 들고 기어 나왔다.

누가 말을 붙일 새도 없이 수환은 새로 등장한 인물을 벽에 밀어붙였다.

"프로틴 좀비냐, 아니냐!"

수환은 이승현 실장의 얼굴을 팔꿈치로 뭉개려 했다.

"일련번호 KRC2578! 일련번호 KRC2578!"

뾰족한 관절이 코앞에 닿기 직전, 승현이 황급히 부르짖었다. 총알처럼 날아가던 팔꿈치가 멈췄다.

"이 실장님도 특관부였어요?"

민수가 절규했다.

그토록 친구가 없었던 어린 시절, 민수와 수진이 가까워진 계기는 무척 단순했다. 수진은 박길산의 튀김 요리 단골 중 하나였다.

"너도 여기 튀김 먹으러 왔어?"

학교가 끝나고 아버지의 트럭을 찾아갔을 무렵, 먼저 도착해 오징어 다리를 씹고 있던 수진이 물었다. 당시 얼마나 비싼 아파트에 사는지 자랑하며 순위를 매기던 초등학교 아이들 사이에서 민수는 언제나 꼴등이었고, 부모님 직업 설문 시간에 '어머니는 없고 아버지는 노점상 주인'이라고 써놓으면 선생이고 아이들이고 전부 천대하는 눈초리로 쳐다봤다. 민수는 그냥 어깨를 으쓱하고 그래 너도 날 놀려라 하는 심정으로 먹음직스러운 내음을 풍기는 오뎅 국물 너머의 노점상 주인을 가리켰다.

"아니, 저분이 우리 아빠야."

예상은 보기 좋게 빗나갔다.

"우와, 대단해."

수진은 튀김을 잔뜩 입에 욱여넣은 채 눈을 반짝반짝 빛냈다. 그 모습에 반한 민수는 그날부터 이사 가기 전날까지 수진에게 최고의 친구가 되어주기로 작정했다. 초등학교 시절 수진은 무지개 빛깔 캐릭터 인형을 사 모았고, 다른 아이들이 보는 앞에서 남자인 민수와 친구라고 말하길 머뭇거리는 성격이었다. 하지만 십 년 뒤 다시 마주한 수진은 180도 바뀌어 있었다. 뭐든 어두운 것─어두운 패션, 어두운 영화. 어두운 힙합 음악, 힙합 음악 중에서도 어두운 갱스터 랩─을 좋아했고, 무슨 일이든 주저하지 않았다. 민수를 데리고 이것저것 해보라 하며 주눅 든 모습을 보이면 주먹을 먹이면서까지 끌고 다녔고….

갑자기 전화가 끊겼으니 어쩌면 지금쯤 수진이 경찰에 신고했을지도 몰랐다. 그렇다면 경찰한테 이 사태가 보고되고 더 높은 사람들의 귀에도 들어가서, 지원 인력을 꾸리고 있지 않을까? 민수의 머릿속에서 희망이 조금이나마 피어올랐다.

당장 눈앞에 있는 정부 요원들은 지원 요청에 관해서는 별생각이 없어 보였다. 수환은 먼젓번 요원을 만났을 때처럼 승현을 구석에 데려가 현재 상황에 관해 속닥거리고 있었다. 민수가 들으면 큰일 나는 기밀 사항이 있는지도 몰랐다. 승현이 민수한테 다짜고짜 말을 놓은 것과 달리 조수환에게는 계속 높임말을 쓰는 걸 보아, 의외로 승현은 나이에 비해 직급이 낮은 듯했다. 잠시 뒤 합류한 승현은 민수의 지친 얼굴을 보고선 의아한 목소리로 중얼거렸다.

"야야, 거시기, 송 실장도 특관부 고용인이야. 안

알려줬다고 나만 원망하지 말라고. 어? 우리도 이런 일 생길 줄 알았겠냐고. 그렇게 타오르는 눈초리로 쳐다보지 않아도 돼." 그러고는 묻지도 않은 이야기를 털어놓았다. "내가 왜 널 보자마자 뽑았겠니. 책상 아래 감춰둔 프로틴 오라 측정기가 거의 폭발할 지경이라 잠재력을 본 거지! 그리고, 거시기, 실장 말고 형이라 부르랬잖아. 어?"

민수는 원한은 고사하고 지친 표정을 지었을 뿐이었다. 하지만 짜증이 나서 죽어도 승현을 절대 형으로 부를 일 없으리라 다짐했다. 채용하는 대신 집으로 그냥 가라는 선택지도 있었을 텐데!

"저 돼지는 뭡니까?"

수환이 물었다.

"저희랑 아무런 상관없는 아이입니다. 거시기, 귀여워서 제가 키우고 있었습죠."

승현은 사료를 먹고 있는 복순이의 등을 쓰다듬었다. 자신에게 모여든 시선을 인식했는지 복순이는 얼굴을 들고 꿀꿀거렸다. 돼지 특유의 올라간 입꼬리 때문에 헤벌쭉 웃는 것처럼 보였다.

승현은 아침 일찍 출근하려는데, 동네 사람들이

밤새 술을 마시다 구토를 수십 번 한 것처럼 거리에서 비틀거리는 꼴을 보았다고 했다. 복순이는 그 속에서 꿀꿀거리며 길을 잃은 채 방황하고 있었다. 사람들은 승현을 보자마자 떡갈비를 강제로 먹이려고 달려들었다.

승현은 수십 년 만에 소시지 신의 강림에 준하는 위협이 닥쳐왔다는 걸 직감했다. 배달된 냉동 떡갈비가 함정이었구나! 승현은 복순이를 안고 집으로 뛰어들었다. 이혼한 전처가 평소 조깅이라도 좀 하라며 잔소리할 때 말을 듣지 않았던 걸 후회했다. 복순이는 너무나도 무거웠고 숨이 차올라 허파가 터질 것 같았다. 숨을 안정시킨 뒤 장롱에 처박아뒀던 헬멧과 비닐 옷을 착용했다.

"그 방호복 어디에다 버렸어요? 하마터면 면상을 박살 내드릴 뻔했잖습니까."

수환이 말했다.

"여까지 숨어드는 데 용쓰느라 너무 후덥지근해서 벗고 있었습죠. 그때 뒷문 창가에서 난리가 나지 않았습니까. 책상 밑으로 쏙, 들어가 사태를 주시하다가 여러분과 딱 만난 거지요. 그나저나 이제 어떻게 할 예정입니까?"

소영이 한숨을 내쉬고는 원래 관리사무실에 쳐들어온 목적과 계획에 대해 토로했다. 하지만 건물이 정전이라 보기 좋게 계획을 다시 세워야 할 판이었다.

"거시기, 진즉 말씀하시지…."

승현은 의자에 앉더니 테이블 옆 서랍을 열었다. 잡동사니를 들어내자 리모컨 하나가 튀어나왔다. 그는 리모컨 방향 버튼을 위에서부터 시계 방향으로 꾹꾹 눌렀다. 요란한 소리와 함께 관리사무실 벽면 한쪽이 회전문처럼 돌아갔다. 벽 너머로 독방보다 비좁은 공간이 나타났다. 그 안에 높은 사다리가 설치되어 있었다.

"이게 제가 몰래 들어온 방법입죠."

"거시기, 암호명 '갓 소시지'가 갓죠탕 공장에서 난리 블루스를 쳤을 때 말입니다. 전 동네 파출소에서 근무하다가 막 그만두고 온 햇병아리였습죠. 제가 경찰 출신이라고 했더니 이 건물이 완공되자마자 경비원 하라고 앉혀놓지 않겠습니까. 어느 날은 설계에 참여한 양반들이 절 따로 불러냈습죠. 그분들이 타 부서 양반들에게는 극비라며, 건축 설계상의 비밀을 통지해주었지 않겠습니까." 승현은 손전등을 들고 사다리를 타고 올라가면서 입을 쉴 새 없이 놀렸다. "이 통로가 바로 그 비밀입니다! 모든 방으로 이어지는 마술 같은 통로입죠."

"저도 그런 비밀 있어요." 소영이 코웃음을 쳤다. "프로틴 오라를 전송하는 의식 어떻게 하는지 잘 모르죠? 13인의 떡갈비 위원회 멤버만 인계받은 거니까!"

"맞습니다. 우리도 비슷한 거지요. 거시기, 각종 재앙이 일어나도 건물만 붕괴되지 않으면 숨어서 이동할 수 있도록 설계한 공간이니 맘 놓으십시오."

민수는 팔이 아파서 열병에 앓듯 끙끙댔다. 수환이 아래서 무서운 속도로 따라붙어서 잠깐의 휴식도 못 하고 다음 가로봉으로 올라서야 했다. 민수는 요원이라는 인간들의 체력에 감탄했다. 그리고 일반인한테 반려동물을 맡겨버리는 그들의 빌어먹을 책임감도 감탄스러웠다. 복순이가 아기처럼 포대기에 감싸인 채 민수의 어깨에 매달려 있었다. 승현이 전날 밤에도 추운 거리에서 고생한 복순이를 도저히

놔두고 갈 수가 없다며 아득바득 우긴 덕분이었다.

"거시기, 하지만 제가 곧 환갑이라 뼈가 삭기 직전입니다요."

결국 개중에 복순이와 심리적 거리가 가까운 민수가 떠맡게 됐다. 복순이는 민수의 고통 따위 신경쓰지 않고 신나는 듯 포대기에서 꿀꿀거렸다.

"그 모든 걸 한 번에 알려주는 사람은 없고….." 민수는 어깨가 끊어질 것 같은 고통에 헐떡이느라 말을 중간에 끊었다. "숙지한 게 저마다 따로따로인 이유가 있을까요."

"첫 번째, 어느 공무원이든 모든 임무를 한 번에 혼자서 소화할 수 없다. 각자 위치와 부서에 따라 임무가 분담되어 있다. 두 번째, 소시지 신의 양념이 무시무시한 결과를 초래할까 봐 그런 거다. 요원 한 명이 전부 숙지하고 있어봐. 그 한 명이 저주받은 속삭임에 넘어가는 순간 게임 오버지."

수환이 큰 소리로 답했다.

그래서 지금에서야 손발이 맞는 모양새가 된 거군. 민수의 등에 땀에 젖은 셔츠가 달라붙었다.

"거시기, 일련번호가 ARC로 시작하면 꽤나 높

은 분 같은데 원래 무슨 부서이셨습니까?" 승현이 사다리를 오르다 말고 수환을 내려다봤다. "아내랑 결혼생활 제대로 해보려고 평범한 일을 했던 때가 있어요. 아파트 관리인 용역으로 뼈 빠지게 고생하고 왔지요. 그 기간 빼면 말이죠. 제가 반평생 여기서 근무했지 않겠습니까. 근데 요원께선 얼굴이 낯설어서요."

"그건 이따가 이야기하죠. 일단 갑시다."

수환이 귀찮다는 표정으로 재촉했다.

사다리가 끊긴 부분에서 사람 등허리 높이의 사각형 통로가 층계 안쪽으로 뻗어 있었다. 승현을 선두로 요원들은 통로에 몸을 구겨 넣었다. 민수는 배관에 갇힌 바퀴벌레가 된 심정으로 복순이를 앞세워 열심히 기었다. 뜬금없이 승현이 멈췄다. 복순이가 바로 정지했다. 민수는 복순이의 엉덩이에 정면으로 얼굴을 박아버렸다. 비명을 질렀지만 눈앞의 엉덩이는 꿈쩍도 하지 않았다.

"뛰어내릴 준비들 하십쇼! 복순이 너도 아빠 따라와!"

승현이 외쳤다.

뭐, 뛰어내려? 복순이의 엉덩이가 어디론가 순식

간에 사라졌다. 민수의 눈앞에 후룸라이드처럼 가파르게 경사진 통로가 펼쳐졌다. 수환이 머뭇거리는 민수의 궁둥짝을 발로 차버렸다.

"용기를 내, 친구!"

민수는 소닉 게임의 캐릭터처럼 내리막을 어지럽게 굴렀다. 다음 순간 민수는 어느 사무실 허공에 떠 있었다. 추락 중이었다는 걸 깨달았을 땐 이미 온몸이 방바닥과 충돌한 뒤였다. 잠시 후 환기구에서 튀어나온 수환이 아직 아픔을 부르짖고 있는 승현의 몸 위로 굴러떨어졌다. 소영은 엉킨 두 남자를 피해 두 발로 착지했다.

민수는 참을성 있게 씨근거리며 눈을 들었다. 길게 내려온 커튼이 창문을 덮어 방은 어둑어둑했다. 커튼 가장자리 틈새에서 흘러나오는 햇빛 덕분에 겨우 사물을 구분할 수 있었다. 복판에 덩그러니 놓인 뚱뚱한 컴퓨터가 3층 사무실이라는 사실을 나타냈다. 회색 벽은 아무런 그림과 장식이 걸려 있지 않아 삭막한 풍경이었다.

"녀석들이 식인 38호를 따로 숨기진 않았나 본데."

수환이 말했다.

방 한구석에 알록달록한 차림새의 남자가, 선글라스처럼 어두운 고글을 낀 시골 힙스터가 마네킹처럼 서 있었다.

시골 힙스터는 앞을 똑바로 바라보며 차렷 자세로 정지해 있었다. 소영은 힙스터에게 서둘러 다가갔다. 그 와중 아직 엎드려 있는 민수의 팔을 밟았다. 민수가 신음을 흘렸으나 아무도 신경 쓰지 않았다. 소영이 알록달록한 옷 여기저기를 건드리자, 식인 38호의 가슴팍이 접이식 선반처럼 열리며 몸체 내부가 드러났다. 민수는 인조인간이라고 했던 수환의 가르침을 떠올리고는 놀란 가슴을 진정시켰다. 열린 몸체 안으로 레고 블록 같은 버튼이 장착된 키보드가 보였다. 소영은 자판을 두들기기 시작했다.

"뭐 하는 거예요?"

민수는 사지가 쑤셔서 어딜 부여잡을지도 모른 채 수환 옆으로 갔다. 승현은 호주머니에서 오이를 꺼내 복순이에게 먹이며 진정시키고 있었다.

"조용히 있어봐요, 젊은 친구. 집중하는 중이니까."

소영이 신경질 냈다.

"부팅 중인가 본데…." 수환이 말을 받았다. "왜 이게 멈춰 있는 걸까."

소영이 자판에서 손을 떼자 식인 38호의 고글이 전조등처럼 노란 직사광선을 내뿜었다. 컴퓨터 전원에 자동으로 불빛이 들어왔다. 갑자기 엄습한 빛줄기에 다들 실눈을 떴다. 모니터에는 '동기화 중'이라는 문구가 튀어나왔다. 소영은 한숨을 내쉬면서 컴퓨터 책상에 놓인 패드에 손바닥을 지그시 갖다 댔다. 모니터에 손바닥 문양이 그려지더니 곧 '일치'라는 문구가 떴다.

"거시기, 다 된 건가요?"

복순이를 쓰다듬던 승현이 물었다.

"인조인간의 스위치를 켰어요. 이제 왜 작동이 중지됐었는지 점검해봐야죠." 소영은 얼굴을 찌푸리며 말을 덧붙였다. "뭐 씹을 거리 가진 사람 없나요? 배고파 죽겠네."

"씹을 거 대신 다른 게 있긴 한데."

승현은 나지막이 중얼거리며 바지춤에서 사각형 도구를 꺼냈다. 민수는 그게 뭔지 단번에 알아봤다.

"마비총?"

물음이 끝나기도 전에 승현은 민수를 겨누고 빨간 버튼을 눌렀다.

"안 돼! 내 용감한 친구!"

수환이 민수 앞으로 재빨리 뛰어들었다. 그는 광선을 정통으로 맞고 튕겨 나갔다. 복순이가 놀란 듯 꽥꽥거리며 사무실 반대편으로 달아났다. 소영은 당황한 얼굴로 로봇을 돌아봤다. 어느새 식인 38호의 입이 호두까기 인형처럼 벌어져 있었다. 목구멍에서 회색 탄환이 쏘아져 나가 소영의 복부를 때렸다. 소영은 배를 움켜잡고는 뒷걸음치다 볼링 핀처럼 힘없이 쓰러졌다.

"멍청한 놈들. 우리 위대한 소시지 신께서 저 로봇을 가만 놔뒀을 리가 없지. 안 그래, 동생?"

승현이 웃으며 민수를 향해 걸어왔다. 민수는 세상을 떠난 아버지한테 묻고 싶었다. 이럴 때는 어디로 어떻게 나아가야 하는 걸까요. 승현은 마비총을 그러쥔 손으로 민수의 뒷목을 가격했다. 민수는 의식을 잃기 직전 흐릿해지는 시야 너머로, 승현의 등 뒤에 그림자처럼 서 있는 검은 후드를 쓴 사람들을 보았다.

*

영장류는 외계 동물 중 가장 까다로운 편이었어.
길들이기가 쉽지 않았지. 개중에는 사방에 가로막힌
벽을 우울한 눈으로 돌아보다 스스로 죽음을 택하
는 개체도 적지 않았어. 그래서 우리는 몇 가지 울타
리를 고안해냈어. 먼저 욜루왈루 행성 지저인의 침
으로 제조한 무효화 액체를 영장류의 혈관에 주입
하는 거야. 그러면 영장류는 지난 기억을 죄다 잃어
버리게 되지. 놈들이 시각적 효과에 민감하다는 걸
파악한 뒤에는 우리 지샘 가문 유생들이 내뿜는 페
로몬을 효과적으로 사용할 수 있었어. 그래, 페로몬.

그건 지샘별미당이 은하계 제일 맛집으로 소문나는 데에도 한몫했지.

은하계 별별 종족의 취향에 맞춰 요리가 맛있어 보이게 하려면 물리적인 꾸밈으로 한계가 있어. 특히 시각을 주요 기능으로 가진 개체일수록 그 기준은 까다로운 법이지. 우리는 각 촉수 끝에서 흘러나오는 페로몬을 배합해 음식에 뿌려놓기도 했어. 적절한 페로몬을 흡수한 손님은 군침 흘리기 적합한 환상에 취하기 마련이었거든. 가문에서 요리에 능숙한 인재일수록 페로몬을 배합하는 솜씨도 뛰어났어. 그리고 페로몬 배합은 요리에만 쓰일 수 있는 게 아니었지.

적어도 나는 내가 우리 가문에서 유망한 인재였다고 생각해. 요리만 배울 때는 그랬지. 츄츄피라의 전기 독을 적절한 수준으로 걸러 손님들을 적당하게 찌릿찌릿하게 만들거나, 욜루왈루 위성 분화구에 산다는 놀램두더쥐들의 척추뼈를 잘게 빻아 손님을 스릴 넘치게 만드는 데에도 높은 점수를 받았단 말이야. 페로몬 배합을 섬세하게 조절할 수 있는 사람도 바로 나였지.

푸른 행성에서 납치해온 영장류의 관리를 내게 맡긴 건 당연한 수순이었을지도 몰라. 나는 지샘 가문 어르신들의 작전대로 영장류들에게 다가갈 준비를 마쳤어. 다름 아닌 영장류의 가장 친한 친구가 되는 거야. 이건 영장류뿐만 아니라 다른 동물들에게도 쓰는 술책이긴 했지. 다른 게 있다면 영장류는 어느 동물보다도 시각에 의존한다는 거였고. 그리고 이 영장류를 찾는 손님이 점차 많아지고 있으니, 빠른 시일 안에 짝짓기에 성공시킬 수 있게끔 갖가지 수단을 총동원해야 했어.

기억을 잃은 영장류의 친구가 되는 길은 험하고 힘들었어. 단순히 기억을 잃었다는 것 하나만으로 죽음을 택하는 놈들마저 속출했다니까. 녀석들이 좋아할 만한 것, 예를 들어 회색인들은 놈들이 주식으로 삼는 사료를 전자 모니터로 보여주면서 그 주식을 배급해주는 걸 선호한다고 했지. 하지만 그런 건 소용 없었어. 나는 몇 가지 노하우를 습득했어. 먼저 그들에게는 위험하고 생경한 이 공간에서 신뢰할 만한 동료가 필요했어. 페로몬을 배합해서 영장류의 겉모습으로 나타나 그들을 속이는 거지. 그리고 그들에게 이 공간이 적어도 안전하다고 느끼게 하는 거야. 그들이 가장 안전하다고 느낄 때, 마취 페로몬으로 기절시킨 뒤… 도축 기계에 집어넣었지.

나는 이들이 결국 요리 재료가 될 뿐이라는 사실이 혼란스러웠어.

너희 앞에서 이런 소리를 하니 어떻게 느낄지 모르겠어. 말도 안 되는 행위라고 생각할지도 몰라. 하지만 내가 느낀 혼란에 대해 토로했을 때, 가문 사람들한테 약해빠졌다는 야유를 들었어. 여태 요리를 그렇게 해왔으면서 그런 데에서 마음이 약해지면 어떡하냐고. 하지만 믿을 만한 동료가 되는 과정에서, 그 개체들이 내게 신뢰를 주는 과정에서, 나는 이들이 그저 하나의 요리 개체로 남기에는 아까운 존재라는 생각이 들었어. 그만큼 하나하나 다른 개성을 가지고 있었단 말이야.

"츄츄피라도, 목 긴 뱀새들도 다 그렇단다. 하나하나가 다 다른 존재야."

어르신들은 그렇게 나를 타일렀어.

하지만 영장류들이 아픔을 느낄 때, 나는 똑같이 아픔을 느꼈어. 거세를 하려고 할 때면 어떻게든 알아채고 사타구니를 잡은 채 오들오들 떠는 모습이라든지. 마취된 상태로 도축 기계에 들어가 평온한 상태로 죽음을 맞이하는 모습도 제대로 응시하기 힘들었지. 그래, 나는 꼭 필요한 수컷을 제외하면 모든 수컷을 거세시키는 일에서 제외됐어. 사육 전용 소행성에서 요리할 동물들을 처리하러 가는 날에도, 마찬가지로 나는 우주선에 탑승하지 않았고. 영장류들에게 믿을 만한 존재가 되는 방법을 찾아낸 건 나였는데 말이지. 나의 가족들은 나에게 신뢰를 잃어버렸어.

그건 나아지지 않는 일이었어. 그 시절, 나는 그저 내가 맡기에 적합한 일이 아니라고만 여겼지.

아틀라스 3에서 먹보 궤도를 잠식해오기 직전까지는 말이야.

3

수진이 오토바이 면허를 획득한 지 얼마 안 됐을 시점, 민수를 데리고 서울 여기저기를 쏘다녔다. 광화문을 지나고 있을 즈음 수진은 북악산을 가리키며 오토바이로 정복해보자고 했다. 민수는 오토바이 한번 얻어 타다가 언덕길에서 최후를 마감하겠구나 싶었으나, 노을이 질 무렵 산 중턱까지 무사히 오를 수 있었다. 그들은 팔각정 근처에 오토바이를 세워두고 어두워지는 하늘 아래 불이 밝혀지는 도시를 침묵 속에서 내려다보았다.

민수는 세상을 떠난 박길산 이야기를 꺼냈다. 아

버지가 자신더러 실패작이라고 고백하던 중 숨이 끊어졌다는 이야기, 생전에는 자식을 맘에 안 들어 하는 티를 낸 적도 없는데 마지막에 털어놓았다는 이야기, 세상에서 친구라고는 아버지 한 명뿐이었는데 그런 식으로 저주하고 떠나버리는 법이 어디 있냐는 이야기….

수진은 박길산이 다른 이야기를 하고 싶었을 거라며 민수의 말을 부정했다.

"자식을 마음에 안 들어 하는 사람은 어떻게든 티를 내기 마련이야. 건강이 멀쩡할 때 말이지. 바로 우리 가족처럼."

민수는 옛 시절 수진의 가족이 어떤 사람들이었는지 죄다 까먹은 뒤였다. 가족이 대대로 물려주는 식당 사업을 수진이 거부하면서 갈등을 빚었다고 했다. 수진은 고깃집에서 죽어도 일하지 못하겠다고 선언하고 집을 뛰쳐나왔다.

"가족들은 이제 날 이웃집 강아지보다도 신뢰할 수 없대."

가족들에게 수진은 없는 자식이나 마찬가지였다. 수진은 별이 드문드문 드러난 밤하늘을 응시하고 있었다.

"근데, 너는 나를 좋아해서 이렇게 데리고 다니는 거야?"

문득 궁금해진 민수가 순진하게 물었다. 수진은 대번에 얼굴을 구기더니 따귀를 갈겼다.

"헛소리 좀 작작 해."

그 순간부터 수진은 민수가 마음에 안 들 때마다 뺨을 올려붙였다.

눈을 떴다. 전신에 통증이 느껴졌다. 손목과 발목이 고무줄로 조이는 것처럼 뻐근했다. 아래를 내려다보니 수갑을 채운 것처럼 손목이 한데 모여 청테이프로 결박되어 있었다. 발목도 마찬가지였다. 민수는 극장용 좌석처럼 푹신한 소파에 앉아 있었다. 코앞의 기이한 광경이 눈에 들어왔다. 연극을 상연하는 것처럼 밝혀진 조명 아래, 소극장 크기의 무대가 보였다. 무대 위에는 검은 망토를 머리부터 발끝까지 뒤집어쓴 열세 명의 사람이 서 있었다.

"거시기, 깨어났나?"

검은 망토 중 하나가 말했다.

"…이승현 실장님?"

민수는 의아했다.

"실장이 아니라 형이라고 부르… 거시기, 물음에 답하기나 해라."

딱 들어도 이승현이었는데, 중간부터 목소리를 근엄하게 깔았다. 내가 깨어났는지 뒈졌는지는 지금 상태를 보면 알잖아 이 사람…라고 대답할 수 없던 민수는 조용히 고개만 끄덕였다. 그러자 열세 명의 검은 망토는 뮤지컬 극장의 커튼이 갈라지듯 좌우로 일제히 비켜섰다. 무대 벽에 초보 화가의 그래피티처럼 엉망으로 쓰인 글자가 눈에 들어왔다.

위대한 소시지 신의 탄생과 갓죠탕의 만행에 얽힌 진실: 초연

민수는 누가 이 싸구려 다큐멘터리 같은 문장을 연극 제목으로 지었을까 경악했다. 무대가 암전되더니 어디선가 굵직한 남성의 목소리가 울렸다.

— 옛날 옛적, 지구에 존재하는 수많은 식품회사 회장들에게 신의 계시가 떨어졌다!

조명이 밝혀졌다. 정장을 걸친 누군가가 침대에 누워 있었다. 그 반대편으로 삐걱거리는 소리와 함께 허리가 와이어에 묶인 사람이 허공에서 내려왔다. 침대의 배우는 과장된 몸짓으로 화들짝 놀라는 연기를 하며 이부자리서 뛰쳐나와 그 앞에 무릎 꿇었다. 도르래가 잘 안 풀리는지 허공에 묶인 사람은 중간중간 멈칫거리면서 천천히 하강했다. 그는 뒷덜미가 강제로 잡힌 짐승처럼 이쪽저쪽으로 손짓 발짓을 했다. 아까와 똑같은 굵직한 음성이 소리쳤다.

— 나는 저 먼 우주에서 찾아온 요리의 신이다! 내게 가장 맛있는 음식을 대령하는 자에게는 엄청난 혜택이 있으리!

침대가 무대 옆쪽으로 물러나고 기다란 테이블로 교체되었다. 네다섯 사람이 몰려나와 정장을 입은 사람과 함께 도마와 냄비를 건들며 열심히 요리를 하는 척했다. 그들은 순서대로 접시에 쿠키를 올려놓았다. 한 사람씩 허공에서 내려온 요리의 신에게 접시를 대령했다(접시에는 지렁이 같은 글씨로 '음식'이라 쓰인 포스트잇이 붙어 있었다). 접시 위에 놓인 쿠키를 씹던 음식의 신은 눈썹을 찌푸리고는 퉤 뱉어버

렸다. 나머지 사람이 바친 쿠키도 마찬가지 신세를 겪었다. 다들 울상이 될 지경에 이르렀을 즈음, 음식의 신은 정장을 입은 배우가 바친 쿠키를 입에 넣더니 감탄사를 연발했다. 그러고는 게걸스럽게 나머지 쿠키를 섭취하기 시작했다.

　― 전 세계 모든 식품회사 회장이 가장 자신 있는 제품을 바친 결과, 그 우승자는 바로 대한민국의 식품업체, 갓죠탕이었다!

　정장을 입은 배우, 그러니까 갓죠탕 회장에게 단독으로 조명이 비쳤다. 회장 역을 맡은 배우는 신나는 표정으로 펄쩍펄쩍 뛰었다.

　― 그런데 요리의 신의 정체는 신이 아니었다!

　갓죠탕 회장이 벼락에라도 맞은 것처럼 두 팔을 벌려 기겁한 연기를 했다.

　― 그들의 정체는 바로 은하계 식품업체 아틀라스 3! 그들은 우주를 떠돌며 일을 값싸게 위탁할 업체를 찾고 있었던 것이다…!

　갓죠탕 회장이 퇴장하더니 무대 배경이 뒤바뀌었다. 제멋대로 깎여나간 대지를 표현한 풍경화가 바닥에 깔렸다. 기하학적인 형태로 오린 종이를 몸에 부착한 사람들이 무대 위에서 팔다리를 흐느적거렸다. 기하학적 형태의 사물을 살아 있는 존재라고 표현하고 싶은 듯했다.

— 이곳은 바로 아틀라스 3가 소유한 행성, 지고락스. 이 행성의 거의 모든 물체는 단백질과 지방으로 이루어진 생물이다! 지고락스 행성을 소유한 아틀라스 3는 이런 생각을 했다…. 이 행성을, 통째로 맛있는 고기로 조리하는 거다.

민수는 어디선가 비슷한 이야기를 들어본 적이 있었던가, 하고 머리를 굴렸다.

— 그래, 떡갈비 차원 그런 게 아니라 바로 지고락스 행성이다! 지고락스 행성! 지구는 지고락스와 웜홀로 연결되어 있는 거다, 박민수! 놈들이 했던 말을 잊어!

갑자기 이름이 불린 민수는 스피커가 어디 있는지 두리번거렸다. 그렇지 않아도 민수는 눈앞에서 벌어지는 일이 장난인지 아닌지, 가짜인지 진짜인지 헷갈렸다. 장난이라기에는 지금까지 말도 안 되는 광경을 숱하게 봐오지 않았는가.

— 미안, 내가 흥분했다. 자, 어떻게 지고락스와

지구가 이어져 있는지 궁금하겠지. 아틀라스 3는 갓 죠탕에 특이한 장치를 선물해줬다!

지고락스 행성을 묘사한 소품이 무대 뒤편의 어두운 곳으로 물러났다. 오른편에서 요리의 신을 연기했던 배우가 '아틀라스 3'라고 쓰인 명판을 매달고 나왔다. 왼편에서는 갓죠탕 회장이 걸어 나왔다. 아틀라스 3를 의인화한 존재는, 우산과 투명한 통을 합쳐놓은 듯한 기계가 그려진 큼지막한 하드보드지를 갓죠탕 회장에게 건넸다. 회장은 황송한 자세로 허리를 숙여 기계를 받았다. 다른 소품들과 달리 그 기계는 정교하게 묘사되어 있었다.

— 이 장치의 이름은 바로 바로바로… 초재적 물질 재조립 장치! 지방과 단백질을 분해해 새로운 고기로 재조립해주는 기능을 탑재했지! 신선한 육질과 맛이 나는 고기로! 하지만 정말로 무서운 것은 따로 있었다!

지고락스 행성 소품으로 분장한 배우들이 불이 환하게 밝혀진 쪽으로 걸어 나왔다. 무대 중앙에 블랙홀을 묘사한 듯한 검은 원이 있었다. 자세히 보니 대형 선풍기에 원 모양 셀로판지를 붙여놓은 것이었다. 사람이 선풍기를 손수 돌리며 원이 끊임없이 꿈틀대는 것처럼 실감 나는 연출을 하고 있었다. 곧이어 선풍기에서 무시무시한 소리—선풍기를 돌리는 사람이 입으로 내는 소리였다—가 들렸다. 기하학적인 생물을 연기하던 사람들이 전부 원으로 끌려갔다. 그들은 신체에 부착된 종이를 둥근 원에 의해 갈려 나가는 것처럼 선풍기 근처에서 갈가리 찢어버렸다.

하드보드지의 우산에 달린 꼬마전구에 불빛이 들어왔다. 초재적 물질 재조립 장치가 레이저를 발산하는 것 같았다. 잠시 후 전자레인지 동작이 완료된 듯한 소리와 함께 둥근 고깃덩이 그림이 투명한 통 안으로 나타났다(하드보드지 뒤에서 검은 쫄쫄이를 입은 누군가가 자석으로 고깃덩이 그림을 조종하는 게 언뜻 보였다).

— 웜홀로 빨려 들어온 지고락스의 생물은 고기로 탈바꿈하여 여기, 이 지구에 있는 기계 장치에 도착하는 거다! 갓죠탕과 아틀라스 3에 의해 저 불쌍한 존재들이 끊임없이 웜홀로 빨려 들어가야만 했지.

목소리에서 흐느낌이 묻어나왔다. 진심으로 지고 락스 행성에 서식하는 존재의 희생에 슬퍼하는 듯했다. 갓죠탕 회장은 즐겁게 웃으며 무대 전면에서 탭 댄스를 췄다. 민수는 갓죠탕이 배양육을 제조하는 데 성공했다던 뉴스를 떠올렸다.

— 갓죠탕은 얼씨구나, 하며 좋아했지. 새로운 기술을 획득한 미개한 지구인들! 그리고 아틀라스 3 는 대가로 각종 행성에서 천연자원을 날라다줬어. 아틀라스 3 입장에선 굉장히 싼 값에 처리한 셈이지만…. 또한, 아틀라스 3는 부작용을 숨기고 있었지. 부작용이 없었다면 이 일을 위탁할 행성을 찾을 리가 없다. 그 부작용이란… 바로바로…!

"소시지 신?"

민수는 반사적으로 대답했다.

— 그렇다! 아틀라스 3에게 혜택을 쓸어 담으려 던 갓죠탕은 필요 이상의 욕심을 부렸다! 물질 재조 합 장치가 과부하되어 웜홀 간 반동력이 작용했지! 그 결과 단백질과 지방이 제멋대로 조립된 거야! 지 고락스의 분노가 응축된 위대한 존재가 탄생하고 만 것이다!

모든 조명이 훤히 밝혀졌다. 민수의 등 뒤에서 머리가 천장에 닿을 정도로 키가 큰 남자가 흑색 두건을 걸치고 있었다. 그가 두건을 벗었다. 등허리까지 머리카락이 내려오는, 미남형 얼굴이 드러났다. 잘생긴 교주는 쩌렁쩌렁 울리는 마이크를 들고 있었다.

"우리 위대한 소시지 신께서는, 저 욕심 많은 갓죠탕을 심판하기 위해 인설동에 강림해오신 것이다. 바로 25년 전, 지하 깊은 곳에서 초재적 물질 재조립 장치를 운용하던 갓죠탕 식품업체 공장에 말이지."

교주는 연극적으로 팔을 크게 벌렸다.

"소시지 신은 욕망으로 가득한 존재들에게 심판을 내리기 위해 곧 부활하실 것이니라."

무대의 배우들이 철수하기 시작했다. 연극 제목이 박혀 있던 나무 벽을 옆으로 치우자, 민수와 방금까지 함께했던 두 동료가 보였다. 수환과 소영은 등을 맞댄 채 옷가지에 함께 칭칭 감겨 있었다. 팔목과 발목이 테이프에 포박된 가운데 두 사람의 입은 청테이프로 봉해진 모습이었다.

교주가 그 둘에게 형벌을 내리듯 망토 자락이 흘러내리는 팔을 장엄하게 휘둘렀다.

"이제 저 죄 많은 갓죠탕 스파이들에게 진실을 실토하게 하라!"

검은 망토를 입은 열두 명이 주홍빛 조명이 비치는 무대 위로 나란히 도열했다. 교주까지 합한 숫자를 보아하니 13인의 떡갈비 위원회 중 이탈한 자들처럼 보였다. 무대 아래에는 식인 38호가 여전히 가슴팍이 열린 상태로 기둥처럼 굳건히 서 있었다. 그때 대기실 쪽에서 돼지가 꿀꿀거리는 소리가 들렸다. 검은 망토 두 명이 중간에 서 있는 키 작은 사람의 등을 떠밀었다. 키 작은 인물은 거시기 어쩌고 툴툴거리면서 복순이를 달래기 위해 무대 뒤로 사라졌다.

민수는 머릿속이 정리되지 않았다. 수환과 소영은 아무런 미동도 없었다. 잘생긴 교주가 손짓했다. 연단에 오른 한 인물이 소영의 입에 붙은 테이프를 사정없이 떼버렸다. 소영은 곡소리를 내다가 열두 인물을 노려봤다. 분노가 넘실거리는 눈빛이었다.

교주가 소영을 가리켰다.

"이자는 죄악으로 가득한 갓죠탕 식품연구부에 소속된 인원이다. 감히 소시지 신을 막으려 한 죄를 저지르고 있었지! 그리고 이 남자는!"

교주는 손을 위로 들었다가 선고를 내리듯 수환에게로 뻗었다. 그 손짓에 따라 벼락이 내리칠 것만 같았다.

"심지어 갓죠탕에서 온 것도 아니지. 가짜 모습으로 모두를 눈속임한…."

"저딴 개소리에 넘어가지 마요! 저거 모두 거짓말이…."까지 말하던 소영이 감전된 것처럼 떨림 가득한 고성을 내질렀다. 교주가 어린이 만화 속 마녀처럼 깔깔거렸다.

"거짓말하는 건 그쪽 같은데. 아까 식인 38호한테 맞은 은색 총알, 왜 별명이 진실 탄환인지 기억 안 나? 응?" 교주가 민수의 등짝을 주먹으로 쾅쾅 때리며 재촉했다. "자, 아무거나 물어봐. 아무거나. 다시 또 거짓말하면 감전된다고. 그 꼴이 퍽 재미있을 거야."

민수가 여전히 눈치를 살피며 입을 꾹 다물고 있자, 교주는 귀에 대고 윽박질렀다.

"물어보라니까! 김소영 너도 그냥 대답 안 하면 감전 장치 수동으로라도 작동시킬 거니까 성의껏 대답해!"

민수는 두려움에 떨며 말을 꺼냈다.

"어… 저, 정말, 다, 다 지어낸 말이에요?"

"다는 아니에요." 소영은 입술을 깨물었다. "우리가 해준 이야기에서 '정부'를 전부 '갓죠탕'으로 바꿔봐요, 젊은 친구. 거기다 이 새끼들이 생쇼 하면서 들려준 얘기를 추가하면 얼추 맞아요."

그러니까 25년 전, 인설동에 위치했던 갓죠탕 가공육 공장에서 소시지 신이 출현해 세계 붕괴의 위기를 겪었던 건 사실이었다. 다만 소시지 신은 지고락스 행성 생물을 맘대로 고기로 재조립하는 과정에서 우연히 탄생한 존재였다. 가공육 공장 지하에 발생했다던 차원 간 통로는, 갓죠탕이 초재적 물질 장치를 통해 지고락스 행성으로 개통한 웜홀이었다…. 이 이야기를 들려주는 동안 소영은 감전당하는 기색이 전혀 없었다.

"당신들, 정부 요원이 아니었군요. 특관부 같은 건 없고."

민수는 납득했다.

교주가 다가와 민수의 어깨를 꾹 눌렀다.

"아직 더한 비밀들이 남아 있다네. 혹시 뇌간낙지라고 알아?"

"…낙지볶음은 좋아하는 편입니다."

민수는 정신이 없었지만 최대한 성실하게 답하려
했다.

"지금 먹는 얘기할 때가 아니야!"

교주가 연단에 대고 두어 번 손가락을 까닥거렸
다. 몇 사람이 움직여 식인 38호를 둘러업은 채 교주
앞으로 데리고 왔다. 교주는 식인 38호의 열린 가슴
팍에 달린 키보드로 명령어를 입력했다.

"뇌간낙지란, 갓죠탕 직원들이 특정한 대상을 가
리키는 은어. 은하계 저변을 차지한 아틀라스 3에
기생하는 놈들이 있는 거 모르나? 당연히 모르겠지.
지구로 비공식적으로 파견된 외계인 일꾼들이 있어.
그중 한 종류가 뇌간낙지야. 그래, 일종의 외국인 노
동자들이지. 팔이 한 아홉 개인가 열두 개 달렸는데
거기서 환각 페로몬을 뿜어 본래 모습을 속이고 주
변인들을 눈속임할 수 있는 놈들이란 말일세. …그
리고 그 존재는 지금 이 방에 있다!"

"뭐?"

소리친 사람은 민수가 아니라 소영이었다.

"너희가 기절해 있는 동안 우리가 재밌는 사실을

발견했지."

　교주는 싱긋 웃고는 인조인간에게서 팔을 거두었다. 식인 38호가 가동되며 목각 인형처럼 부자연스럽게 고개를 이쪽저쪽으로 돌렸다. 그러다 갑자기 입에서 초록빛 광채를 내뿜는 물질을 토했다. 묽은 죽처럼 흘러내리는 초록 물질을 손에 받아든 인조인간은 연단 위의 인질에게 걸어갔다. 수환이 공포에 질린 표정으로 몸부림쳤다. 식인 38호는 무자비하게 두 인질을 묶어둔 옷가지를 찢더니 수환의 목을 틀어쥐고 주둥이를 봉한 청테이프를 제거했다. 그리고 초록 물질을 수환의 입에 쑤셔 넣었다. 수환은 고문당하는 것처럼 고함을 내질렀고 소영은 충격받은 얼굴로 돌아봤다.

　식인 38호에게서 풀려난 뒤에도 수환은 고장 난 전동 드릴처럼 바닥을 마구 굴렀다. 그리고 민수는 보았다. 수환이 변화하고 있음을. 몸이 녹아내린 아이스크림처럼 일그러지더니 수 개의 팔다리가 자라났다. 마침내 발작을 멈춘 수환은, 뇌 주름 가득한 고구마 같은 형태로 탈바꿈되어 있었다. 그 뭉툭한 몸뚱이 한가운데 검은 눈이 박혀 있었고, 오징어 다리 열두 개가 꿈틀거렸다.

"뇌간낙지라고 불리는 이유를 알겠지. 자, 봐봐."

교주가 식인 38호의 가슴팍으로 다가가 둥그런 컨트롤러를 잡았다. 컨트롤러를 한 바퀴씩 돌릴 때마다 뇌간낙지는 다른 모습으로 변화했다. 소영조차 아연실색한 얼굴로 쳐다보는 가운데, 노인에서 어린이로, 어린이에서 사슴으로, 사슴에서 고양이로 변했다가, 한번은… 민수가 가장 가까이하던 존재가 나타났다.

"멈춰봐요!"

민수가 소리쳤다. 교주는 컨트롤러에서 손가락을 물렸다. 주홍빛 조명이 비추는 무대에, 민수의 초등학교 동창이, 이웃집 주민이, 아버지가 삶을 마감한 뒤 유일하게 친구라 부를 수 있었던 존재가 쓰러져 있었다. 그 형상은 정말 분명해서 알아보기가 어렵지 않았다.

"조수진?"

수진은 힘겹게 얼굴을 들었다.

"이거 좀, 상황이 개 같네."

"이 뇌간낙지랑 아는 사이야?" 교주가 둘을 번갈아보며 말을 이었다. "정말 예상치 못한 일인데."

잘난 얼굴의 교주는 어딘가를 바라보며 모가지에 손날을 갖다 대고 멈추라는 의미로 컷 사인을 요청했다. 검은 망토를 쓴 똘마니 둘이 대기실에서부터 새하얀 이불이 덮인 침상을 끌어오고 있었다. 복순이가 꿀꿀 소리를 내며 뒤따라왔다. 똘마니 둘은 컷 사인을 알아채지 못했다. 녹슨 바퀴에서 억지로 쥐어짠 비명처럼 찢어지는 소리가 울렸다. 그 소음 때문에 모두의 시선이 침상으로 몰렸다.

"자, 가장 재밌는 부분을 공개합니다!"

눈치 없는 두 검은 망토가 합창하고는 마술사처럼 이불을 들쳤다. 교주는 포기한 듯 머리를 짚었다. 침상에는 족히 2미터는 되어 보이는 거한이 누워 있었다. 허벅지에서부터 쇠공 같은 근육이 상체까지 단단하게 엉겨 붙어 있었다. 민수의 시선이 거한의 얼굴에 닿자, 이미 뒤죽박죽된 머릿속에 돌풍이 회오리쳤다.

그 거한의 얼굴은 민수와 판박이었다.

"여기까지 끌어들여서 미안, 민수."

수진이 조용히 읊조렸다.

*

어느 순간부터 먹보 궤도에는 아틀라스 3에 인수
당하는 식당이 늘었어. 아틀라스 기업은 '말랑돌이'
라는 족속이 건립한 법인이야. 그 회사의 주요 인사
들은 전부 말랑돌이들뿐이지. 말랑돌이를 직접 마
주한 사람은 없어. 듣자 하면 인간의 손톱 크기에다
가 둥근 떡처럼 통통 뛰어다니는 족속들이라고 해.
은하 연방에 등록되지 않은 지적 생명체, 즉 동물들
의 귀나 코로 기어들어 가 뇌에 식민화 기계를 설치
한다지. 뇌가 식민화된 동물은 말랑돌이들의 이동
수단으로 전락해. 그렇게 말랑돌이는 다른 족속 앞

에서 본래 모습을 드러내지 않고 동물의 외형으로 소통했어. 그놈들이 경영하는 아틀라스 법인에서 식품 산업과 관련된 사업을 담당하는 계열사가 바로 아틀라스 3야.

아틀라스 3가 우리 지샘 가문에 전달한 제안은 간단했어. 영장류 요리 특허권을 넘기라는 거였지. 자신들이 훨씬 효과적인 방식으로 영장류를 번식해 낼 수 있다는 거야. 아니, 정확히는 번식이 아니라 '복사' 혹은 '복제'라고 하더라고. 그들은 몇 가지 특정 영양 성분으로 된 행성들을 소유하고 있다고 했어. 생물이 자라날 수 있는 환경이되 은하 연합에 가입한 종족이 거주하지 않는 행성을 폭격하여 모든 미개 생물을 처리한 뒤 행성 환경을 재건한다고 해. 특히 살아 있는 단백질과 지방으로 채운 지고락스 행성을 만들 때 유전자 조절 씨앗을 뿌리느라 고생했다지. 그들은 지고락스 행성의 생물을 분해하여 원하는 대로 재조립할 수 있는 장치까지 가지고 있다는 거야.

"물론 문제가 있긴 합니다. 원하는 물질로 재조립하려면 모범적인 실물 대상이 필요해요." 말랑돌이가 말했어. 그놈은 츄츄피라의 몸뚱이를 조종하고 있었지. "그 푸른 행성에서 특정 조건에 딱 부합하는 영장류를 데려오면 됩니다. 그 대상을 모델링하여 최적으로 맛있는 신체 조건을 갖춘 영장류를 몇천 마리는 복제할 수 있다고요."

지샘 가문에 돌아오는 혜택은 명확했어. 영장류로 가공된 식품이 은하계 전역에서 팔리는 동안, 수익의 일부를 평생 수령하는 거지. 누워서 침이나 흘려대고 있어도 수익이 절로 벌리는 셈이었어.

그날 지샘 가문 어르신들이 놈들에게 인간 요리법을 넘기길 거부했다면, 나는 이 지구라는 곳까지 안 왔을지도 몰라. 민수, 너와 나는 백만 광년 넘게 떨어진 곳에서 서로의 존재조차 몰랐겠지. 어쩌면 네가 이 세상에 태어나지 못했을지도….

2부

4

소영은 계단을 오르는 동안 목구멍이 계속 간지
러웠다. 이른 아침부터 뜨거운 라면 국물을 들이켜
고 싶다는 충동에 시달린 탓이었다. 막 잠에서 깼을
때는 새벽 다섯 시였고, 고기맨을 출하하는 날이라
는 걸 깨달았다. 오천만 년 동안 빨지 않은 저지를
대충 걸친 뒤 제6사육장으로 발바닥이 부서져라 달
렸다. 달리는 동안 야구장처럼 평탄한 땅 위에 지어
진, 군대 막사를 연상케 하는 건물들이 펼쳐졌다. 제
6사육장 탈의실에는 며칠 밤을 지새운 것처럼 눈이
퀭한 직원들이 침묵 속에서 새파란 방진복으로 갈

아입고 있었다.

"아슬아슬하게 도착하셨네요, 팀장님."

머리가 탈의실 천장에 닿을 만큼 키가 큰 '베토벤' 장현우 대리가 잘생긴 얼굴로 까불거렸다. 베토벤이라는 별명은 어떤 고난과 시련이 닥쳐도 어깨까지 내려오는 장발만큼은 고수해서 생긴 것이었다.

관리탑에 올라 유리창을 내려다보면서도 소영은 여전히 목구멍이 간질거려 헛물을 삼켰다. 제6사육장 한가운데 자리한 높다란 관리탑 아래로 사방에 뻗은 수십 개의 독방이 보였다. 한 사람이 발을 뻗기도 힘든 독방에 보디빌더를 떠올리게 할 만큼 우락부락한 근육을 지닌 남자들이 갇혀 있었다. 구속 장치가 남자들의 근육이 튀어나온 양팔을 속박했다. 아무것도 걸치지 않은 하반신에는 내키는 대로 싸질러댄 배설물이 묻어 있었다. 독방 바닥은 검은 오물이 껌처럼 늘어 붙은 채였고 구석에는 사료통과 자동 온도조절 장치가 달렸다. 얼굴이 하나같이 똑같은 복제 인간들은 '고기맨'이라고 불렸다. 고기맨을 찍어낼 수 있는 원료인 복제 모델은 초재적 물질 재조립 장치에 갇혀 있었다. 몇 년에 한 번씩 복제 모델이 교체되고는 했는데, 모델의 프로틴 오라가 바닥나 더 이상 복제가 불가능하다고 했다. 이 광경을 처음 보았을 땐 하도 역겨워서 음식 생각이 나지도 않았지만, 익숙해진 지금은 먹거리를 떠올리는 데 거리낌이 없었다.

소영은 감시 모니터에 비친 방을 훑으며 재고를 확인한 뒤, 간밤에 건강이 급속도로 나빠지거나 사망한 놈이 없는지 검토했다. 사육과는 갓죠탕 식품 연구부 소속이었지만 사실 어떤 것도 연구하지 않았다. 사육과 직원들은 사육실 바닥에 눌어붙은 배설물을 청소하고 빈 사료통을 채우거나 고기맨들의 건강을 검사했다. 해가 뜰 시간이 되면 제3사육장 옆에 놓인 단련장으로 고기맨들을 몰아가 근육 개조 훈련을 시켰다. 가시철조망으로 둘러싸인 단련장은 벤치프레스와 덤벨, 로잉 머신이 즐비했다. 고기맨들은 정해진 훈련 규범에 따라 끊임없이 역기를 들고 손잡이를 당기며 목청껏 울부짖었다. 간혹 적정 운동량을 충족하지 못한 개체가 나오고는 했는데, 며칠간 그 모습이 반복되면 사육장 뒤편으로 끌고 가 이마에 압력총을 대고 방아쇠를 당겼다. 압력이 관통한 뒤통수에 피와 뼛조각이 튀면서 고기맨은 단번에 사망했다. 사체는 소각장 구덩이에 던져넣은 뒤 태워버렸다. 품질 낮은 고기맨을 출하한 팀은 업무 능력 감점으로 급여가 깎였다.

오늘은 고기맨들을 도축장으로 보내는 날이라 근육 개조 훈련은 없었다. 소영은 출하 전 마지막으로 항생제와 단백질 근섬유 촉진 약물 수십 종을 맞히도록 지시했다. 방진복으로 무장한 직원들이 사육실 하나하나를 방문하며 고기맨의 목과 팔에 마구잡이로 주사기를 쑤셨다. 바늘이 후벼 파는 통증에 몸부림치며 저항하는 고기맨에게는 구속 장치로 수백 볼트의 전압을 흘려보냈다. 고기맨은 몇 옥타브씩 올라가는 음정으로 고래고래 비명을 지르다가 얌전히 주사를 맞으러 왔다. 갓죠탕 교육 영상에 따르면 이 복제 인간들은 높으신 분들의 식용으로 탄생한, 단단한 단백질과 일부 부드러운 지방이 적절히 분포된 존재였다. 인간과 신경성 반응만 비슷할 뿐 뇌의 스위치가 꺼졌으며 죽음에 대한 고차원적 두려움 따위는 인지하지 못한다고 했다.

1980년대 비디오처럼 화질 낮은 교육 자료를 보

던 소영은 고기맨들이 신경 반응만 작동하는 기계와 다름없다는 사실을 믿지 않았다. 예전에는 고기맨들을 스무 놈씩 한꺼번에 밀집해두었다고 했다. 언젠가 직원들이 근육 개조 훈련을 위해 울타리를 열었다가 고기맨들이 덤벼든 적이 있었다. 고기맨들은 사육과 직원들을 머리로 들이받은 뒤 보안 카드를 탈취하여 사육장 밖으로 도주하려 했다. 뒤이어 달려온 직원들이 압력총과 전기충격봉으로 고기맨들을 제압했다. 그 뒤로 별도의 공간에 한 개체만 들여놓고 사육하라는 지침이 내려왔다. 교육 영상의 논리대로라면 고기맨의 협동 능력은 어떻게 설명하겠는가. 왜 매일같이 마취성 약물을 투여해 맛이 간 상태를 유지시키겠는가.

일전에 비슷한 지적을 하면서 근무를 그만두겠다고 선언한 팀원이 있었다. 얼굴을 자주 보던 사촌이 사고를 당해 중추신경이 손상되어 걷지도, 제대로 말을 하지도 못하게 되었는데 복제 인간들을 볼 때마다 자꾸만 그 얼굴이 떠올라 출근하기 어렵다고 했다. 소영은 태생부터 식용으로 탄생한 고기맨이 그 어떤 사람과 애초에 동등할 수 없다고 어렴풋이 생각했다. 하지만 사육과에 필요한 자질은 고기맨이 지적으로 뛰어나지 않아서 함부로 대해도 될 대상이라고 취급하는 사고방식이 아니었다. 고기맨이 어떤 가능성을 품은 존재이든 상관하지 않을 냉철한 정신이었다. 초재적 재조립 장치에 갇힌 복제 모델에게 동정심을 품고 그만두는 직원들도 자주 발생하고는 했기 때문이다. 물론 교체 시 복제 모델은 기억 삭제 시술을 하고 본래 살던 곳에 되돌려놓는다고 했지만 말이다.

출하 시간이 다가오자 모든 방의 개폐 장치가 해체되고 문이 자동으로 열렸다. 직원들이 어리둥절해하는 고기맨들을 바깥으로 인도하기 시작했다. 80마리는 되어 보이는 복제 인간은 군부대 행렬처럼 줄을 맞춰 제6사육장 앞에 주차된 트럭으로 향했다. 가기 싫다고 독방 구석에 얼굴을 파묻거나, 행렬을 이탈하려는 놈들도 있었다. 구속 장치에 전류를 흘려보내면 놈들은 타오르는 듯한 고통에 몸부림치다가 결국은 행렬에 합류하기 마련이었다. 내일이면 새로운 복제 인간들이 사육장으로 공급될 터였다. 이 모든 과정이 한 달에 한 번씩 이루어졌다.

소영은 간질거리는 식도를 매운맛으로 긁어줄 갓쬬 라면을 흡입하는 상상을 하며 휘파람을 불었다.

라면을 언제부터 사랑하기 시작했는지 소영은 기 억나지 않았다. 어쩌면 태어난 직후부터였을지도 몰 랐다. 가장 오래된 회상 속에서 어머니가 끓인 라면 을 먹던 중, 네 살에 불과했던 소영이 빨아들이는 힘 에 의해 갯지렁이처럼 꿈틀대던 국수가 식탁보에 빨 간 국물을 튀겼다. 어린 소영은 꾸지람을 들으면서 도 계속 라면을 먹고 싶어 입을 다셨다. 갓쬬탕에 입 사해 처음 들어간 기숙사에서도 소영의 라면 사랑 은 그칠 줄 몰랐다. 보다 못한 룸메이트가 제발 아침 부터 스프 냄새를 풍기지 말라며 슬리퍼를 집어 던 지기 전까지, 소영의 하루는 라면 취식으로 시작되 었다.

식품 영양학과를 다니던 시절 소영은 자신이 대 기업 식품업체에서 근무할 거라고는 상상도 하지 않 았다. 전공 수업을 제대로 들은 적도 없었다. 재학 내내 반쯤은 알코올에 절여진 채 파티광처럼 술자 리를 들락날락하다가, 마지막 학기에 현장 실습생

모집 공고를 보고 지금이라도 취직 준비를 해야겠다는 생각에 쫓기듯 지원서를 써재꼈던 것이다. 갓죠탕 식품 연구개발 시설에서 소영은 만두 반죽 빚는 기계처럼 업무 규율을 정확히 지키며 실적을 올렸다. 하지만 갓죠탕 같은 큰 회사에서 대학 석차가 개차반인 자신을 정규직 근무자로 채용할 리가 없다고 생각했다. 산학협력이든 뭐든 전문대 교수와 연을 맺은 인재들부터 채용하리라 예상했다. 사내 이벤트에 당첨되기 전까지는 말이다.

화장실 벽면에 부착된 안내문이 문제였다. 변기를 깨끗이 이용해달라는 문구 아래 말도 안 되는 퀴즈 한 줄과 전화번호가 적혀 있었다. 당신이 인공위성일 때 가장 현명한 행동은? 전화번호: 공이 어쩌고 저쩌고. 퀴즈에 답해주신 분께는 소정의 상품을 증정해드립니다…. 소영은 장난삼아 퀴즈에 대한 답을 전화번호로 전송했다. '궤도에서 벗어나지 않는다.' 당연히 아무 일도 없을 줄 알았다. 안내문은 녹슨 철판처럼 온통 누렇고 오래돼 보였기 때문이다. 이튿날 아침, 정장 차림으로 연구시설을 방문한 패거리가 소영을 붙들고 검은 승용차로 데려갔다. 갓죠탕 인사팀이라고 소개한 그들은 뒷좌석에 설문 조항이 적힌 종이를 건넸다.

"어떤 내용이 나왔어요?"

베토벤 장현우가 물었다. 현우는 샐러드를 포크로 휘젓고는 소영의 라면을 부러운 눈초리로 응시했다. 휴게실에는 둥근 테이블 여기저기에 앉아 쩝쩝거리는 직원들로 가득했다. 현우는 작은 극단 출신으로, 배우 시절 식단을 그대로 유지하고 있었다. 현우는 갓죠탕 사육과에 취직한 뒤에도 직장인 연극을 하면서 연기의 끈을 놓지 않았다. 소영은 휴가를 내고 현우가 직접 연출한 연극을 보러 대학로에 가기도 했는데, 배우들이 전부 짱돌에 걸려 휘청이는 것처럼 대사를 버벅댄다는 인상을 받았다. 더구나 연기자들은 은박지처럼 조명이 사방에 반사되는 옷을 착용했다. 상연이 끝날 즈음에는 눈이 멀어버리는 줄 알았다. 이후 설명에 따르면 모든 대사는 프랑스 아방가르드 시인의 시구절에서 인용했으며, 현대인이 기계와 다름없다는 뜻으로 모든 배우를 은색 지로 포장했다고 했다. 현우는 화장실 퀴즈 답변을 '폭격' 두 글자만 적어서 전송했다.

"당신의 상사가 밤마다 사람을 잡아먹는 괴물로 변신한다는 걸 깨닫는다면, 당신은 어떻게 할 것인가? 뭐 그런 시답잖은 질문이었는데."

소영은 라면이 실타래처럼 감긴 젓가락을 입속에 쑤셔 넣고 우물거렸다. '내가 입는 피해만 없다면 별다른 티를 내지 않고 직장 생활을 할 것이다'라고 서술한 기억이 있었다. 다른 문항도 유사한 답안을 적었다. 외계인이 옆집 사람을 납치해 간다면? 우리집 지하에 다른 차원으로 통하는 문이 발견된다면? 소영은 이 질문들이 자신과 무슨 상관인지 몰랐다. 눈앞에 닥친 일을 처리하기도 바빠 죽겠는데. 외계인이든 괴물이든 차원의 문이든 오지랖 넓은 누군가가 처리하겠지 싶었다.

며칠 뒤 정규 근로자 합격 통지서와 강원도 외딴 분지에 위치한 사육공장으로 출근하라는 안내 메일이 왔다. 화장실 벽에 붙은 퀴즈는, 해당 퀴즈 문항에 답변하는 이가 사육공장과 같은 환경에서 버티기 좋은 정신 상태일 거라는 심리학자의 조언을 따랐다고 했다. 창문이 검게 선팅되어 바깥을 전혀 볼 수 없게 만든 버스를 타고 도착한 사육공장은 높다

란 담장으로 둘러싸여 있었다. 소영은 '부화장'이라
는 간판이 달린 파란 지붕으로 향했다. 오리엔테이션
은 부화장과 연결된 지하 강당에서 진행됐다. 새하얀
셔츠를 바지에 껴입고 스스로를 박길산 팀장이라 소
개한 중년 아저씨가 '사육공장에 근무하는 동안에는
정해진 시간, 정해진 장소에서만 공중전화를 통해
바깥과 소통할 수 있다'고 했다. 이어서 전혀 높낮이
없는 말투로 다른 행성에서 온 외계인들과 함께 근
무해야 하니 만반의 준비를 하라고도 했다.

　지샘선이 꿈틀거리는 촉수로 악수를 건넬 때의 충
격이란! 의외로 뇌간낙지라 불리는, 고구마와 오징어
를 합해놓은 듯한 이 외계인의 업무를 돕는 데 적응
하는 기간은 한 달도 채 안 됐다. 페로몬을 통해 인
간들에게 더욱 익숙한 모습의 환각을 제공해주겠다
더니, 이튿날부터 갓 대학생이 된 소년의 형상으로
출근했던 것이다. 운 좋게도 뇌간낙지 종족은 한 명
이었다. 직원 대부분은 생김새가 제멋대로 빚어진 듯
한 외계인 파트너에게 적응하는 데 오랜 노력을 쏟았
다. 박길산 팀장이 부화장 업무를 체계적으로 이끌
어주지 않았다면, 다들 갓죠탕이 외계인에 의해 침공

당한 줄 알았을 것이다.

일련번호를 부여받은 소영은 갓 부화장에 도달한 복제 인간을 관리하는 업무에 배정됐다. 부화장에 들어가면 서커스 천막처럼 둥글고 뾰족한 천장을 덮은 우산형 기계, 초재적 물질 재조립 장치가 자리를 차지했다. 기계에 부착된 수백 개의 배관은 투명한 캡슐과 이어져 있었다. 우산 한가운데에는 투명한 유리막이 구슬처럼 튀어나왔는데, 그곳에 복제 모델이 마취액 속에 잠들어 있었다. 푸른 불빛이 복제 모델로부터 소용돌이치며 우산형 기계 전체를 휘감는 순간, 고기맨 수십 마리가 배기관을 타고 내려와 캡슐에 안착했다.

지샘선과 소영은 고기맨들을 캡슐에서 꺼내 전반적인 상태를 점검한 뒤 사육장으로 데려가기 용이하도록 줄 세웠다. 오리엔테이션에서 복제 인간들은 다른 행성에서 소환된 존재들이라 알려줬으나… 복제 모델의 신세와 마찬가지로 소영은 크게 관심을 두지 않았다. 3년 동안 고기맨들을 열심히 캡슐에서 꺼냈을 즈음, 복제 모델이 교체되어 익숙했던 얼굴이 다른 형태로 뒤바뀌었다.

어느 날 대규모 부서 간 이동을 실시한다는 공지가 내려왔다. 소영은 지샘선과 헤어지고 오로지 인간으로만 이루어진 사육과에서 고기맨들을 관리하고 출하하기를 반복하다가 어느 세월인가 팀장 위치까지 올랐다.

소영은 라면 용기를 입에 대고 국물을 죄다 들이켰다. 젓가락과 용기를 버리려 일어나는데, 휴게실로 막 들어선 직원이 테이블에 다가와 현우와 소영을 번갈아봤다.

"두 분 다 중앙 사무실로 오시랍니다."

"인설동이요? 거기 가서 떡갈비나 먹으라고요?"

소영은 중앙 사무실로 가는 날마다 긴장했다. 대체로 중앙 사무실로 불려 갔다 온 사람들 중에는 바로 짐을 챙겨서 떠나는 경우가 많았다. 사육공장에서 벌어지는 행각을 유출한 인원에게는 법적 책임을 묻겠다는 각서를 꼭 썼는데, 뉘앙스로만 보자면 더한 처벌을 각오하라는 듯 느껴졌다. 한밤중에 알게 모르게 광선총에 쏘여 먼지가 되어 세상에서 사라져버린다든지…. 상상력의 소산이었지만 사육공장에서 본 풍경을 염두한다면 충분히 가능해 보였다. 게다가 테이블 위에 안착된 공룡 인형을 좀 보라지. 사육공장 대표의 취미인지 갓죠탕에서 권장하는 방식인지는 몰라도, 사무실 한가운데는 정장을 입은 티라노사우르스 인형이 소파에 앉아 굵고 낮은 목소리를 내뿜었다. 양옆에 서 있는 바가지 머리 비서 두 명은 언제나 무표정한 얼굴이었다. 소영은 어린 시절 읽었던 동화책《오즈의 마법사》가 생각났다. 노인이 기계로 움직이는 대빵만 한 대가리 뒤에서 마법사 흉내를 내다가 들통나는 장면이었다. 사육 공장 대표도 나약함을 숨기기 위해 괴상한 인형 뒤에 숨은 것 아닐까. 외계 노동자들을 겁먹게 하려는 술수일지도 몰랐다. 확실히 공룡에게서 뿜어져 나오는 목소리는 독재자 같은 카리스마가 있었다. 마침 공룡의 목울대에서 굵직한 음성이 흘러나왔다.

　"떡갈비를 먹으라는 게 아니라 떡갈비 위원회에 합류하는 거라네."

　지금 이 순간, 소영은 어처구니없는 부서 이동 명령에 반발심이 생겼다. 어디 붙어 있는지 알기도 힘든 동네로 내려가 평생 들어본 적도 없는 위원회에 합류하라니.

"갑자기 왜죠? 저 잘하고 있었잖아요."

"저도 딴짓 안 하고 잘했어요. 복제 인간 똥 치우는 거 저보다 잘하는 사람 없습니다."

현우도 소영을 따라 목소리를 높였다.

"그런 문제가 아니야. 나중에 설명해주지. 두 사람에게는 보너스가 팍팍 지급될 거야. 금방 이 방에서 떡갈비 위원용 교육이 진행될 거니 그렇게 알고 있게."

중앙 사무실에서 특별 교육을 해주겠다는 의미였다. 대표는 다른 선택지가 있다는 말조차 하지 않았다. 바가지 머리를 한 두 비서가 이제 그만 가봐도 된다며 소영과 현우를 바깥으로 몰았다.

"그 동네에는 연극에 관심 있는 사람이 좀 있을까요?"

중앙 사무실을 나오자마자 현우가 긴 머리카락을 뒤로 넘기며 말했다. 소영은 고개를 절레절레 저으며 숙소로 향했다. 3년 뒤, 예상하지 못한 방법으로 현우가 연극을 하게 될 줄은, 그때까진 전혀 알지 못했다.

5

"자, 여기까지!"

이야기가 지샘선이 자신과 가족들이 아니었다면 민수가 태어나지도 못했을 수도 있었다는 대목에 이르렀을 때였다. 교주가 맘대로 이야기를 가로막았다. 민수는 지샘선에게 묻고 싶은 게 한두 가지가 아니었다. 수만 광년 떨어진 고향이라는 외계 음식점 사연을 털어놓을수록 의문은 늘어났다. 인간을 요리해서 외계인들한테 고기로 유통한 장본인이 지난 몇 년간 친구였다는 사실은 평소 환각제를 복용하는 사람이나 잠자코 받아들일 사연이었다.

"들었지? 이놈은 아틀라스 3와 공모해 인간마저 고깃덩이로 만든 녀석이라고! 이 끔찍한 놈이 한 사람의 친구 행세를 했다니 소름이 다 끼치는군."

"음, 아직 남은 이야기가 있는 게 아닌…."

민수는 그제야 지샘선이 진짜 중요한 정보를 실토하려 한다고 생각했다.

"그건 들을 필요 없다! 이놈, 뇌간낙지가 죄의 심판을 받아야 하는 것만 인정시키면 되는 거라고!"

장발 교주가 식인 38호 가슴팍에 달린 버튼을 눌렀다. 지샘선은 배가 접히도록 몸을 웅크리며 신음을 터트렸다. 식인 38호가 강제로 쑤셔 넣은 초록 물질이 배 속에서 고통을 전파하고 있었다.

민수는 눈을 감았다. 귀도 막고 싶었지만 묶인 손으로는 불가능했다. 수진이 고통받는 모습을 보고 싶지 않았다. 그래, 방금 이야기대로라면 수진은, 아니 지샘선은 악랄한 존재였다. 하지만 엊그제 국밥을 나눠 먹던 친구의 얼굴에 나타난 괴로움 가득한 표정을 직시하기는 힘들었다. 여태 몰랐던 정보를 한꺼번에 뇌 속에 구겨 넣으니, 어떤 부분에서 분노와 슬픔을 느껴야 할지 분간하지 못하게 된 것일 수도 있었다. 게다가 교주야말로 하던 말을 못하게 해서 궁금증을 폭발시키게 했다. 하지만 교주는 아랑곳하지 않고 가슴팍으로 내려온 긴 머리를 손가락 하나만 이용해 등 쪽에 휘날리는 묘기를 선보이더니 침상에 누운 근육질의 남자 앞에 섰다.

"이것은 바로, '포장지'. 소시지 신의 정신이 담길 육신이지."

민수가 남자의 생김새에 관한 질문을 꺼내려 할 때, 소영이 끼어들며 빈정거렸다.

"…그 대단하신 분께 육신까지 필요해? 그냥 나타나시라 하지."

교주는 웃음을 지어 보이며 민수에게 다가갔다. 그리고 따귀를 갈겼다. 교주의 손에 화염방사기라도 장착됐는지 불타오르는 충격이 민수의 뺨을 강타했다.

"앞으로 또 빈정대면 얘가 맞는다?"

민수는 억울함이 턱밑까지 차올랐다. 지금 모든 물건과 인간을 때려 부술 마땅한 권리를 가진 사람이 있다면 바로 자신일 것이다. 그런데 결박된 상태로 맞고만 있어야 한다니! 소영은 놀라는 기색도 없이 눈을 부릅떴다.

"이유나 알려줘."

교주는 민수의 싸대기를 한 번 더 때리—윽!—고
는 고민하는 표정을 지었다.

"그래, 소시지 신께서 얼마나 자비로운 분인지 너
희도 깨달아야지. 신께서는, 인자하게도 자신의 힘
을 제어 가능한 상태로 강림하시길 원하시지. 이 세
계를 지고락스 행성과 비슷하게 만드는 게 아니라,
자신만의 방식으로 재편하고 싶어 하시거든! 그리
하여 본인의 능력은 갖고 있되, 전처럼 주변 사물이
단백질 반죽 덩이가 되지 않도록 막아줄 포장지를
원하시는 거다!" 교주는 민수에게 다가가 손바닥을
치켜들었다. 민수는 때리는 줄로만 알고 결박된 두
팔로 막으려 했다. 왜 이곳은 이렇게 가학적인 폭력
배들만 가득할까? 다행히 교주는 활짝 벌린 팔을
그대로 내려 환대하는 자세를 취했을 뿐이었다. "여
태껏 프로틴 오라가 강한 복제 인간들만 빼돌려 강
림을 시도해봤지만 다들 몸이 터져나갔어! 하지만
박민수 너, 너야말로 정말 훌륭한 포장지야. 폭발할
만한 프로틴 오라의 주인공이, 우리의 진정한 포장

지가 될 거야. 어때, 소시지 신의 자비를 확인했나? 너희가 그렇게 막으려 해도, 피해가 되지 않도록 세심한 배려까지 해주는 인자하신 마음을?"

"그래서 저 남자의 정체는 뭐냐고요! 뭐, 아까 뇌간낙지가 말해준 복제 인간인지 그겁니까? 저도 뭐 그런 존재고요? 이게 대체 어디서부터 어디까지…."

참지 못하고 떠드는 민수의 주둥아리로 어김없이 손바닥이 날아들어 불같은 통증을 선사했다.

"네가 소시지 신을 받아들이면 다 해결될 문제야."

민수는 온몸에서 힘이 빠져나갔다. 진실이 뭐든 간에 이 사람들은 내 의사 따위는 안중에도 없으면서 나를 맘대로 처리하겠다는 소리 아닌가. 서로가 고함지르는 와중 유유자적 주위를 계속 돌아다니는 복순이가 시야에 걸렸다. 민수는 이 같은 상황에 와서야, 겨우 쓸모 있는 존재로 받아들여졌다. 하지만 전혀 만족스럽지 않았다. 소시지 신이 내 신체에 강림한다면 내 정신은 죽고 놈이 대신 차지하는 걸까? 죽음만이, 혹은 내 자아의 말소가 나 자신의 쓸모를 증명해준다면 그게 의미가 있나? 지금 이 자리에서 어떠한 고뇌도 안 겪고 자유롭게 돌아다니는 복순이의 신세가 부러웠다.

"민수, 돼지가 귀엽네…."

지샘선은 계속된 고문 탓인지 헛소리를 지껄이기 시작했다. 생각해보면 지샘선이 완전히 거짓말을 한 건 아니었다. 가족이 운영하는 식당에서 쫓겨났다는 건 그대로였잖아. 언제부터 지샘선은 내가 아는 수진이었을까. 초등학교 시절부터일까. 초등학생 연기까지 하면서 십 년 넘게 내 주위를 맴돌았다는 걸 텐데 무슨 이유로?

"인간들 눈에는 뇌간낙지인 내 모습보다… 하다 못해 저 알록달록 힙스터 로봇이 낫겠지?"

무슨 소리냐고 물으려던 민수의 머릿속으로, 조금 전 지샘선이 꺼낸 단어 몇 개가 뇌 주름을 때렸다.

"지금 그게 중요한 문제예요? 어지간히 갓죠탕에서 일하면서 사람들한테 린치라도 당했나!"

소영이 묶인 상태로 몸부림쳤다. 그래, 중요한 건 따로 있었다. 지샘선이 말한 문장에는 돼지, 낙지, 로봇이라는 문장이 삽입되어 있다. 일전에 위급한 상황이 닥쳤을 때 보내주겠다는 암호였다! 지금 구해달라는 신호를 보내는 걸까? 그런데 민수는 손발이 결박되어 따로 할 수 있는 일이 없었다.

"돼지가 귀여울까, 로봇이 귀여울까? 적어도 낙지보단 낫겠지! 복순이 참 귀엽다! 복순이를 봐!"

이제는 대놓고 단어를 아무렇게 조합한 문장을 나불거렸다. 교주가 미간을 일그러트리고는 조용히 하라며 식인 38호의 컨트롤러를 조정했다. 소영과 지샘선 모두 감전된 듯 고통에 겨운 욕설을 내뱉었다.

알았어! 알았다고! 민수는 필사적으로 팔목에 묶인 테이프와 복순을 번갈아봤다. 엉덩이가 불편해 몸을 움직이는데, 재킷 안쪽에 부스럭거리는 감촉이 전해졌다. 지난 새벽녘에 먹이다 만 과자가 아직 안주머니에 남아 있었다. 복순의 튼튼한 이빨과 먹이를 섭취할 때 씹어대던 턱 힘이 떠올랐다. 어쩌면! 민수는 복순이를 부르기 위해 남몰래 휘파람을 불어보았다. 반응은 없었다. 민수는 손가락을 아래로 뻗어 재킷을 흔들기 시작했다. 그것은 소시지 신 숭배자 한 명의 의심을 사는 결과를 불러일으켰다.

"거시기, 뭐 하냐?"

"좀 더워서…."

이 실장이 얼굴을 들이밀고 민수의 재킷 안주머니

를 수색하려는 찰나였다. 갑자기 교주가 개구리울음 같은 괴성을 질렀다. 신도들 역시 같은 울음소리로 화답하며 홀린 듯한 발걸음으로 무대 바로 아래편에 집합했다. 숭배자들은 교주를 중앙에 두고 원형으로 둘러앉은 뒤 무릎 꿇었다. 교주는 신전에 제물을 바치는 제사장처럼 유리관을 들어 올렸다. 민수가 13인의 떡갈비 위원회 전용 사무실 문을 잘못 열였다가 마주한 그 유리관이었다. 교주가 유리관을 열고 핫도그를 꺼내자, 숭배자들이 고개를 숙이고 혀 꼬부라지는 주문을 읊었다.

민수는 지금 저들이 소시지 신과 통신을 하든 뭘하든 이제 상관없었다. 복순이의 관심을 끌기 위해 발로 바닥을 두드리고 재킷을 마구 흔들었다. 바스러진 쿠키 조각이 흘러나와 발목과 바닥에 쏟아졌다. 복순이가 코를 들고 벌름거리다가 떨어진 쿠키 부스러기를 삼키러 뛰어왔다. 민수는 발목의 청테이프를 복순이의 입 안으로 넣으려고 했다. 쿠키 부스러기를 핥던 복순이의 턱관절이 딱딱거리며 청테이프에 균열을 냈다. 복순이는 청테이프가 맛없는지 성난 듯 꿀꿀거리고 발을 굴렀다. 민수는 안간힘을 다해 두 발이 양쪽으로 벌어지도록 기를 썼다.

교주가 민수에게 삿대질하며 소리쳤다.

"당신을 위해 적합한 몸을 준비했습니다!"

숭배자들의 시선이 민수한테 몰려들었다. 동시에 청테이프가 양 갈래로 찢어지면서 민수의 발이 자유로워졌다. 숭배자들은 상황을 파악하지 못하고 있었다. 민수는 식인 38호의 열린 가슴팍으로 돌진했다. 어떤 기능을 가졌을지 모를 알록달록한 버튼이 눈앞에 펼쳐졌다. 뒤통수에서 숭배자들이 포효하며 민수를 잡으러 오고 있었다. 고민할 틈은 없었다. 민수는 위험해 보이는 버튼이란 버튼은 다 눌러버렸다. 식인 38호는 브레이크 댄스를 추는 비보이처럼 팔다리를 이쪽저쪽으로 빠르게 왔다 갔다 한 뒤, 고글에서 광선을 발사했다.

광선이 마룻바닥을 강타하자 폭음과 먼지가 일며 숭배자 한둘을 튕겨냈다. 민수는 덮쳐오는 풍진 속에서 콜록거렸다. 안개 같은 티끌 사이로 검은 망토 하나가 튀어나와 민수의 멱살을 쥐었다.

"거시기, 뭔 짓이냐?"

승현이었다. 망했다! 고 생각하는데 소영이 육지

에 튀어 오른 잉어처럼 팔다리 묶인 몸을 통째로 날려 승현을 밀쳐냈다. 승현은 구석 어딘가에 처박혔다. 소영이 눈살을 찌푸린 채 주황과 보라색 버튼을 동시에 누르라고 외쳤다. 민수는 식인 38호의 가슴팍 안으로 손을 뻗어 버튼을 내리쳤다. 식인 38호는 오른팔을 직각으로 들어 올렸다. 민수는 무슨 일이 일어날지 두려워 허리를 굽혔다. 인조인간의 오른 팔목이 뚜껑처럼 열리더니, 소형 미사일이 사방으로 쏟아져 나가 폭죽처럼 폭발했다.

쑥대밭이 된 방 안에 검은 망토 신도 일부가 기절한 모습이 민수의 눈에 들어왔다. 민수는 혼잡한 틈을 타 소영의 청테이프를 뜯어내려 몸을 숙이다가 동작을 정지했다.

"안 떼고 뭐 해요? 급해 죽겠는데!"

"내가 왜요?"

민수는 퉁명스럽게 받아치고 소영을 지나치려 했다.

"잘 있어요."

"잠깐만! 아 진짜, 속인 거 미안해요. 이거 풀어주면 궁금한 거 다 알려줄게요. 정말로!"

소영이 다급히 외쳤다.

민수는 오작동한 로봇처럼 어쩌지도 못하다가, 소시지 신 숭배자 한 명이 덤벼드는 걸 보고는 두더지 잡기 인형처럼 빠르게 몸을 낮췄다. 소영의 발목에 접착된 청테이프를 이빨이 부러질 정도로 힘주어 물어뜯었다. 소영은 곧바로 일어나 발차기로 숭배자의 인중을 강타해 쓰러트렸다. 한구석에서 실성한 듯한 웃음소리가 메아리쳤다. 교주가 껄껄 웃고 있었다. 교주는 지샘선의 옷자락—실제로는 촉수 일부분일지도 몰랐다—을 붙들고 있었다.

"얼른 도망….."

지샘선은 온 힘을 쥐어짜내 말했다. 소영은 몸을 던지듯 방문에 부딪히며 손잡이를 열어젖혔다.

복도에 도열해 있던 프로틴 좀비들이, 일제히 소영과 민수를 돌아봤다.

앞으로 펼쳐질 모습이 1초 만에 그려졌다. 길게 줄지어 서 있던 프로틴 좀비들한테 사지가 붙잡혀 제대로 익지도 않은 떡갈비를 강제로 꾸역꾸역 삼키다가 정신을 잃게 될 모습이. 사족보행을 하는 덩치 큰 동물이 빠르게 달음박질치는 걸 보기 전까지,

민수는 머릿속이 아득한 상태였다. 복순이는 문과 마주하고 있는 연회색 벽면을 통과하여 그대로 사라져버렸다.

"저기예요!"

민수는 소리치면서 고개를 숙여 복순이처럼 냅다 벽에 머리를 박았다. 승현이 복순이와 함께 비밀 공간을 헤집고 다녔던 모양이었다! 과연 벽 색깔과 판박이였던 천이 갈라지면서, 네발로 기어갈 만한 좁은 통로가 이어졌다. 저 앞의 어둠 속에서 복순이가 꿀꿀거리고 있었다. 소영이 날렵하게 뒤따라 기어들다가 프로틴 좀비들의 손아귀에 발이 잡혔다. 발길질을 몇 번 하니 신발이 벗겨지면서 프로틴 좀비들의 손에서 다리가 풀려났다. 소영과 민수는 통로를 기어가기 시작했다. 떡갈비 안 먹고 어디 가냐는 공포스러운 부르짖음이 등 뒤에서 메아리쳤다.

얼마나 기었을까. 잠시 쉬고 싶은지 복순이가 통로 중간에 가로로 드러누워 버렸다. 소영은 숨을 몰아쉬면서 등을 기대어 앉았다. 그러나 여유 부릴 시간이 없었다. 등 뒤에서 웅성거리는 소음과 군중들이 기어 오는 소리가 메아리쳤다. 소영이 물로 가득 채운 베개처럼 무거운 복순이의 몸을 밀어 일으켜 세우려고 노력할 때였다. 갑자기 민수가 흐느끼기 시작했다. 이내 민수는 울음을 터트렸다. 소영은 민수의 티셔츠 목둘레를 잡고 정신 차리라고 흔들었다.

"다 속였어요! 모든 사람이 다 날 여기까지 오도록 속인 거였잖아요!"

"그렇다고 지금 저 사람들한테 잡혀서 뭐, 소시지 신의 포장지인가 그거 될 거예요?"

민수는 고개를 저었다.

"하지만 당신도 마찬가지였잖아요!"

울음이 그치지 않았다. 그가 훌쩍일 때마다 목울대를 당수로 얻어맞듯이 가슴팍이 휘청거렸다. 소영은 입술을 깨물었다.

"당신 아버지가 박길산이라는 사람이죠?"

"네? 어떻게 알았….""

소영은 짐작 대로라는 듯 침을 꿀꺽 삼켰다.

"말했잖아요. 다 얘기해주겠다고. 지금 저 도와주면 다 알려줄게요."

민수는 주저했다. 그러다 흐느끼는 상태 그대로 복순이를 일으켜 세우는 데 합류했다. 곧 복순이는 귀찮다는 듯 퀭퀭거리더니 앞서 기어가기 시작했다. 소영은 자꾸 뒤돌아보며 민수가 잘 따라오는지, 다른 추적자가 그들을 따라잡지는 않을지 수시로 확인하며 어둠 속을 나아갔다.

두 사람은 높은 경사를 형성한 작은 돌계단을 마주했다. 돌계단을 올라서자 건물 뒤편 골목으로 이어지는 출구가 나타났다. 하수도 뚜껑을 열고 그들은 시궁쥐처럼 냄새를 풍기며 길바닥 한가운데로 튀어나왔다. 건설하다 중단된 건물이 들어선 골목이었다. 햇빛이 비치는 걸 보아 건물에 들어간 지 하루 정도 시간이 지난 듯했다. 흐느낌을 멈춘 민수의 얼굴에 눈물 자국이 어려 있었다. 소영은 폐건물 주변에 굴러다니는 보도블록을 하수도 뚜껑에 얹어 입구를 막았다.

"이제 어디로 가죠?"

민수가 옷소매로 콧물을 닦으며 물었다.

"안전해 보이는 곳은 한 군데밖에 없어요." 소영이 말을 이었다. "지샘선의 비밀 기지요."

6

 소영이 민수를 처음부터 알아본 건 아니었다.

 우주의 드넓은 세계, 또 다른 지구, 외계 문명⋯ 애초에 그런 건 손에 당장 쥘 수 없는 대상이었다. 아니, 손에 쥘 수 있다 하더라도 무슨 도움이 될지는 몰랐다. 그래서 소영은 외계인 동료들에 대해 필요한 정보 이상으로 호기심을 갖지 않는 일에 비교적 빨리 적응했다. 갓죠탕 식품연구부의 방침 하나. 동료 직원 중 인간이 아닌 존재에 대한 신상은 극비다! 공개된 자료 외에는 알려고 하지 말라!

 소영은 다른 회사에 취직했더라도 사무적인 쓸모

이상으로 회사 동료를 궁금해하지 않았을 것이다. 대학 시절 술자리를 좋아했던 것도 그런 이유였다. 술자리에서 진정으로 상대방에 대해 알고자 하는 이들은 별로 없었다. 대부분 알코올에 잔뜩 절여져 실없는 농담을 퍼붓다가, 종국에는 자신이 하고자 하는 말만 뇌까렸다. 학교 동기나 선배들은 옆자리에 가만히 앉아 본인 이야기를 들어줄 방청객을 원했을 뿐이었다. 소영이 자기 할 말만 지껄여도 다들 무관심한 태도로 조용히 끄덕였고, 다시 서로의 주제로 되돌아가 침 튀기며 본인 이야기만 떠들었다.

패밀리레스토랑 주방 아르바이트를 하면서도 어디서 자랐고 무슨 취미를 가졌는지 물어대며 찝쩍거리는 남자는 전부 귀찮기만 할 뿐이었다. 식품 연구시설에서 직원들 간에 벌어지는 사적인 일을 수군거리는 나이 든 부장도 소영의 관심을 끌어내진 못했다. 물론 태양계 너머에서 도약해왔다는 존재들과 매일 마주하며 절로 펼쳐지는 상상의 나래를 틀어막아야 하는 일은 그와 궤를 달리하긴 했다. 그래도 소영은 관심을 틀어막는 데 성공했다.

직원들은 어느 순간부터 외계 근무자를 짐승과

다를 바 없이 취급했다. 갓죠탕은 부화장의 인간 직원에게 테이저건을 불출했다. 수년 전 반투명한 상태로 물체를 통과할 수 있는 상자 모양 외계인이 인간 동료에게 장난을 친 적이 있었다. 그 외계인이 관통하고 다닌 인간 직원은 원인 불명의 열병을 앓다가 열 개의 정육면체로 산산조각 났고, 상자 외계인은 지구에서 즉시 추방당했다. 이처럼 외계인이 사고를 발생시킬 경우를 대비해 호신 무기를 조달한 것이다.

갓죠탕에서 불출한 테이저건은 상대가 어떤 물질로 이루어져 있든 고통을 가할 수 있도록 개조되었다고 했다. 한 직원은 외계인 파트너가 명령을 수행하지 않을 때마다 테이저건을 작동시켰다. 버럭버럭 소리 지르며 깡통 모양 외계인의 플라스틱 같은 피부에 대고 방아쇠를 당겼다. 깡통 외계인은 톱날이 맞부딪치는 소음처럼 고통스러운 비명을 내지르면서, 굵은 콘센트 같은 팔을 뻗어 작업을 재개했다. 소영은 슬쩍 지샘선의 눈치를 살폈다. 지샘선은 소년의 모습을 유지한 채 묵묵히 캡슐에서 고기맨을 꺼내기만 했다.

체계의 일부가 되어 하나의 쓸모 있는 연장이 된다는 느낌만이 소영이 유일하게 실감한 성취였을지도 몰랐다. 면 요리를 입에 쑤셔 넣을 때를 제외하면. 그런 점에서 소영은 박길산 팀장이 뛰어난 상급자라고 생각했다. 외계인을 대할 때나 인간을 대할 때나 아무런 차이가 없이 지시를 내리는 데 솔선수범했다. 덕분에 다들 근무 파트너로 배정된 제멋대로 생긴 생물을 냉정하게 대할 수 있었다.

그런 박길산이 복제 인간 한 명을 탈취해서 도망쳤다는 소식을 들었을 때, 소영은 믿을 수 없었다.

"고기맨과 함께 잠적했다고?"

소영이 13인의 떡갈비 위원회에 가입한 지 한 해가 흘렀을 시점이었다. 심지어 박길산의 도주가 벌어진 건 8년이 넘었다고 했다.

"저도 확실치는 않은데… 탈출시킨 게 고기맨이 아니라 고기베이비라던데요."

현우는 누가 들을세라 주위를 살피며 속삭였다. 둘은 살인적인 더위를 피해 구멍가게의 처마 그늘 아래에 놓인 걸상에 앉아 메로나를 핥고 있었다.

13인의 떡갈비 위원회가 하는 일은 단순했다. 빌

라촌과 논밭과 한 줄기 강이 뒤섞인 인설동이라는 동네로 내려가 저 혼자 근사하게 지어진 천돈빌딩에서 일주일에 한 번씩 모여 핫도그에 대고 기도문 비슷한 걸 지껄였다. 작은 유리관에 보관된 핫도그는 무한한 방부제를 넣은 듯 언제나 신선함을 유지했다. 천돈빌딩에서 모이지 않는 날에는 소시지 신 방책위원회—소방위라고 불렀다—가 지정해준 호프집이나 카페에서 회의가 소집됐다. 소시지 신이 최대한 듣지 못하는 위치에서 지시 사항을 나눠야 한다나 뭐라나. 그조차 한두 시간도 안 하고 끝나고는 했다.

"고기베이비?"

현우가 입수한 뜬소문에 따르면 박길산이 데리고 도망간 복제 인간은 일반적인 고기맨들과 달랐다. 고기맨은 원본의 얼굴에 근육질의 몸을 장착한 모습으로 생산된다. 하지만 그 복제 인간은 갓난아기의 형상이라는 것이다. 정확히는 원본의 어린 시절을 복제한 것이지만. 평균 수명 한 달에 이르는 고기맨이 어떻게 변할지 관측할 방도도, 그럴 이유도 없는 반면, 고기베이비는 다년간 평균적인 유아의 성장 발달 과정을 보여줬다고 했다.

인설동 공장에서 벌어진 비극, 아틀라스 3와 지고락스 행성, 소시지 신, 식인 38호에 이르기까지, 13인의 떡갈비 위원회에 본격적으로 입단하기 전 대표의 방에서 받은 교육에 의해 소영의 머릿속에는 하나의 거대한 그림이 그려졌다. 천돈빌딩 땅 아래에 존재하는 웜홀을 완전히 닫지 못하는 바람에 의식을 거행한다고 설명하던데, 그놈의 소시지 신은 왜 여타 사육공장에서 사용하는 다른 초재적 재조립 장치의 웜홀로 기어들어 올 생각은 안 하는지까지는 알려주지 않았다.

"그냥 가서 진득하게 거길 지키면 되는 거니까."

공교롭게도 암호명 갓 소시지의 출현은 갓죠탕이 아틀라스 3에서 독립할 기회를 제공했으며, 천문학적인 액수를 투자한 충남의 연구단지에서 온갖 실험이 이뤄진다고 했다. 물론 소영을 비롯한 외부 부서원이 접근할 수 있는 정보는 극히 일부였다. 이를테면 인조인간 식인 38호는 인간과 외계인들의 기술을 집대성해서 발명했다는 어렴풋한 설명뿐이었다. 아틀라스 3는 외계인이 운영하는, 스케일을 가늠하기 힘든 거대한 은하계급 회사라는 묘사만 간신히 주워들을 수 있었다.

하지만 다른 부서의 정보는 또 다른 부서에 어떻게든 새어나가기 마련이다. 특히 현우는 전에 한 번이라도 마주해본 적 있는 지인이 근무하는 곳이라면, 극비 정보라고 해도 어떻게든 파고들려고 했다. 박길산의 도주에 관한 이야기 역시, 전국 각 부서에서 무작위로 선발한 떡갈비 위원회 구성원 다섯 명을 회유해 손톱만큼이나마 얻어낸 것이었다.

"근데 그 연구시설에서 생산하던 고기맨들이 소시지 신을 대적할 핵심 무기라나요."

"고작 고기맨 가지고 뭘 어쩐다는 거야?"

"저도 거기까진 모르죠! 아무튼 지금도 사원들 대상으로 수배 중이라니까 잘 찾아봐요."

현우는 문자로 사진 파일 하나를 전송했다. 10년 전 사육공장에서 생산했던 고기맨의 복제 모델의 얼굴이 담겨 있었다. 이와 비슷하게 생긴 중학생 꼬마를 찾으면 곧바로 갓죠탕 충남 연구단지의 34부서에 연락해달라는 것이었다. 소영은 복제 모델의 사진을 바라보자 각종 의문이 들었다. 하지만 금방 뇌를 비우고는 메로나를 마저 삼켰다.

7

누구한테든 언제나 좋은 기억만 존재할 수 있을까? 적어도 박길산은 민수한테 그러지 못했다. 참고 참아왔던 질문이 폭발한 적이 있었다. 민수가 학교 선생한테 한참 구박받고 왔던 날이었다. 그저 옆 친구랑 잠깐 수군댔을 뿐인데 선생이 나오라더니 복도에서 고성을 질렀다. 머리를 얻어맞았고, 억울함을 호소하자 너 따위 성적도 바닥으로 기고 집안 형편도 좋지 않은 주제에, 앞으로 해봤자 너희 아버지처럼 싸구려 장사꾼밖에 되지 않겠냐고 고함쳤다. 당장 교사를 밀어버리고 나가고 싶었지만 소심해서 그러지는 못했다.

대신 민수는 쉬는 시간이 되자마자 가방을 챙겨서 학교를 떠났다. 귀가하는 동안 어깨에 소 한 마리라도 올려놓은 것처럼 무겁게 허리를 수그리고 있었다. 누군가 가슴에 아령을 매달아놓은 것처럼 기분이 한없이 땅속으로 꺼졌다. 마침 단칸방 문을 열자, 아버지가 신문을 읽고 있었다. 민수는 소리를 지르기 시작했다.

왜 나는 할 줄 아는 게 없죠? 남들처럼 돈 들여 멋들어진 걸 배우게 시킬 생각은 없으셨나요? 그리고 어머니는요? 제게 어머니란 사람이 존재하긴 했던 건가요? 왜 어머니 얘기만 나오면 그렇게 피하고 아무 말도 하지 않으시는 거죠? 아니, 대체 내가 할 줄 아는 게 있어요? 내가 이 세상에 남아서 살아가야 할 이유가 있냐고요. 아버지가 그렇게 이 지역 저 지역으로 변덕 부리면서 살아가지만 않았더라면 제대로 된 친구 한 명이라도 사귈 수 있었겠죠, 그럼 그 친구 때문에라도 살아가야겠다는 마음을 갖췄겠죠? 왜 그러지 못했나요, 저는?

아버지는 읽던 신문을 천천히 내려놓고 더듬거리

며 말을 이었다. 무엇부터 이야기를… 내가 넉넉한 살림을 마련해주지 못해서 미안하고… 빚쟁이들한테 쫓기며 살아와서… 너희 엄마는 포장마차를 하면서 살기 싫었나 보다… 어느 날 아침 일찍 산책 나가면서 시장을 들른다더니 영영 돌아오지 않았어… 그러니 너에겐 이 일을 맡기기 싫다… 그러니까 무엇보다 많이 미안하다… 하지만 너는 언젠가 확고하게 나아가야 할 방향이 생길 거다. 대충 이런 이야기였다.

초스피드 사과에 민수는 허무하기도 했고, 아무 말도 할 수 없었다. 이 이상 내가 무슨 요구를 할 수 있을까? 맨날 저 착하디착해 빠진 면상으로 더 해주지 못해서 미안하다는 소리만 하는데 말이다. 그놈의 '방향성'이라는, 한 줌밖에 안 되는 위안을 주기 위해 맨날 지껄이던 습관에 불과했다. 이 상태로 더 화내봤자 마주하게 되는 건 허망함뿐일 터였다. 아빠란 사람이 해줄 수 있는 건 이 정도뿐인 것이다. 그래서 더 이상 말을 잇지 않고 다시 밖으로 나섰다. 그날 민수는 공원과 번화가와 주택가 골목과 백화점 안팎 등 자유롭게 넘나들 수 있는 곳을 돌아다니다가 자정이 넘어서야 들어갔다. 결론은 그저 욕을 들어먹어도 묵묵히 수긍하며 살자는 것이었다.

그때 아버지의 변명과 사과도 거짓이었다. 옆에서 갓죠탕 사육공장에 관해 지껄이는 김소영이라는 작자가 민수를 또 속이려는 게 아니라면, 어머니란 존재는 애초에 존재하지도 않았고, 아버지도 혈육은 아니라는 뜻이었다. 신빙성이 없다고 하기에는, 방금까지 외계인이 친구였다는 사실이 밝혀지고 로봇이 소형 미사일을 뿌려대는 아수라장 속에서 빠져나온 참이었다. 심지어 자신과 똑같이 생긴 근육질 남자를 맨눈으로 보지 않았던가. 민수의 아버지 이름 석 자를 정확히 맞추지 않았는가? 자신의 무능력함을 아버지가 줄 수 없었던 부유한 성장 배경의 탓으로 돌리지 말자고 되새겼던 생각은 얼마나 무의미한 것이었는지!

두 사람은 자꾸만 무너지려는 복순이를 계속 어떻게든 어르고 달래서 나아가고 있었다. 소영은 복순이를 중간에 놔두고 가자고 했지만 민수는 어쩐지 그러기 싫었다. 그렇게 설중산 터널 근처로 터벅터벅 걸어가고 있을 때였다. 터널 입구를 가로막은 경찰차 두 대가 멀리서 보였다. 주위로는 경찰들이 선글라스를 낀 채 서 있었다. 드디어 인설동 분위기가 심상찮은 걸 감지한 걸까? 민수는 달려가서 도와달라고 호소해야 할까, 우리가 충격을 받아 망상에 빠진 거 아니냐는 소리나 듣지 않을까 고민하는데, 소영이 손가락을 닭발처럼 구부려 민수의 어깨를 잡아챘다.

"저거 보여요?"

멀리서 희미하게 보이는 경찰들의 손 쪽을 가리켰다. 경찰들은 저마다 불그죽죽한 물체를 쥐고 있었다.

"안 익은 떡갈비예요."

민수는 경찰들이 왜 선글라스를 끼고 있는지 짐작했다. 뒤집힌 눈을 들키지 않기 위해서? 벌써 동네 경찰들까지 감염된 걸까? 나무에 팔을 얹은 채 풀숲에서 노려보고 있는데, 복순이가 먹이를 쫓는 멧돼지처럼 빠른 속도로 튀어 나갔다. 민수가 복순이의 이름을 부르려 했지만 소영의 손바닥이 모기를 때려잡듯 민수의 입을 후려쳤다. 민수가 오만상을 구기자 소영이 입술에 검지를 대고 고개를 저었다.

"들키면 말짱 꽝이에요." 소영은 산 중턱을 통과하

는 길로 빠져나가야 한다고 했다. "다른 도로도 놈들이 차단했을 테니까요."

마침내 굴다리 아래편에 당도했다. 풀숲을 쉬지 않고 지나온 터라 땀에 옷이 온통 젖었다. 방수포로 가로막은 입구를 통과하자마자 민수는 쓰러지듯 바닥에 주저앉았다. 지샘선의 비밀 기지는 나가기 전 그대로의 모습이었다.

"무슨 생각 해요?"

소영이 물었다.

민수는 이마의 땀을 훔쳐내고는 대답했다.

"자살 생각이요."

"뭐요?"

소영이 인상을 구겼다.

"자살하는 게 가장 현명한 방법 같은데요." 민수는 구부린 무릎에 팔을 얹은 채 천장을 올려다봤다. "당신 말에 따르자면 내 친구였던 사람도 모자라 아빠가, 아니 이 세상이 나를 속여먹은 거잖아요. 제가 태어났을 때부터 지금까지 말이죠. 게다가 무슨 제가 갓 소시지에 대항하기 위한 실험체로 태어났다?

그런 거잖아요? 이런 얘기를 당사자 앞에서 하는데 양심의 가책 같은 건 하나도 안 들었나요? 제가 무슨 기분이 드는지 알아요? 알려줄게요. 그냥 처음부터 없었던 존재면 어떨까 싶어요. 흔적도 안 남기고 사라지고 싶다고요."

"음… 솔직히 말하면 하나도 안 미안해요. 아까 경찰들 봤어요? 떡갈비 들고 있는 거? 그게 어떻게 퍼지고 있는지 당신도 봤다면 알 거 아니에요. 소시지 신의 영향 범위는 실시간으로 커지고 있고, 놈이 마음을 바꿔서 본체로 소환되어 온다면 어쩔 건가요? 차라리 인류 입장에서는 당신이 없는 게…." 소영은 한숨을 한꺼번에 내쉬고는 말을 이었다. "그러니까 저는 할 일을 한 것뿐이라고요. 그리고 당신이 왜 자살하려는지 제가 상관할 바인가 싶은데, 죽어도 좀 제대로 일은 해놓고 죽어야…."

"그놈의 복제 인간들을 팔면서도 그딴 식이었나요? 뭐 저랑 똑같이 생긴 사람들이 고기로 되어서 팔려나가는 걸 보면서 별생각도 안 들었어요?"

"그 얘기는 갑자기 왜 하는데요? 이봐요, 젊은 친구. 저는 사육공장에서 나름대로 위치가 있던 사람이에요. 빠르게 인정받은 일이 그거라고요. 함부로 말하지 말아요. 그래서 당신이 사육공장의 복제 인간들처럼 어디 갇혀서 길러지고 있나요? 여태껏 이것과는 무관하게 멀쩡히 있었던 주제에 지금 어떻게든 일을 바로잡으려는 사람한테… 괜히 알려줬어, 젠장맞을." 소영은 주저앉았다. "13인의 떡갈비 위원회는 실패했어요. 제가 위원장 자리에 앉자마자 말이죠. 이건… 갓죠탕에서도 그냥 넘어갈 사안이 아닐 거예요. 당장 저부터 어떤 처분을 받게 될지 모른다고요. 지샘선인가 뭔가 하는 작자가 파견된 요원인 줄 알았을 때만 해도 만회할 기회가 주어진 건가 싶었는데…"

계속되는 횡설수설. 소영은 온갖 이야기를 줄줄 늘어놓았지만, 요지는 비슷했다. 자신도 나름 노력하고 고생했다는 것, 그리고 이번에 죄다 죽임을 당한다면 민수 때문이라는 것. 처음부터 동정심을 담당하는 기능이 제거된 사람이라면 첫 화제를 반복하는 건 당연할 수도 있었다. 하지만 책임이라면… 대체? 민수가 무슨 짓을 해야 소시지 신을 막는다고 그러는 건가? 너희들 책임이 아니라 내 책임이라고?

민수는 굴 안에 설비된 기계들을 바라보았다. 여기서 수진은 작전을 짰을 터였다. 하지만 지금 수진, 아니 지샘선은 붙잡혔고 이따위 철저한 준비는 죄다 쓰레기가 되었다. 민수는 기계를 죄다 밀어 넘어트리고 싶은 충동에 휩싸였다. 그래서 여기서 어쩌자는 건데! 우리의 '다음은' 뭔데! 민수가 분노를 참지 못하고 일어났을 때, 소영이 대뜸 말했다.

"하, 젊은 친구, 해드릴 게 있어요." 소영은 기계 사이로 들어가 기웃거리다가 의자 하나를 가리켰다. "일단 저기 앉아봐요."

소영이 손가락으로 가리키고 있는 자리에 철제 의자 하나와 절단면에 긴 바늘이 튀어나온 검은 선이 마련되어 있었다. 이건 또 뭘까, 또 하나의 세뇌 작전? 민수는 찌푸린 표정으로 의구심을 떠올렸다.

"뭔지부터 알려줘요."

"아까 묶여 있을 때, 이곳에서 나가면 꼭 해달라고 지샘선이 부탁한 거예요." 소영이 한숨을 쉬었다. "이거 하나면… 자신의 계획에 대한 전부를 볼 수 있다고 했어요. 근데 아무래도 당신이 알아보는 게…."

민수는 턱을 괴고 고개를 숙였다. 지샘선이 그랬

160

던 이유를 알게 되면 기분이 눈곱만큼은 나아질까? 아니면 죽어야겠다는 확신이 들까? 둘 다일 수도 있었다. 그래도 이유 하나는 듣고 싶었다. 도대체 왜 그랬어야 했는지.

"알겠어요."

민수가 철제 의자에 앉았다. 그러자 소영이 단번에 주삿바늘이 튀어나온 선을 민수의 목에 내리찍었다. 민수는 압정을 다섯 개 이어 붙인 듯한 긴 바늘이 혈관 깊숙이 찔러오는 느낌에 하마터면 기절할 뻔했다. 입을 열어서 뭐라고 하려 하는데, 눈앞이 일렁이더니 뒤로 자빠진 사람처럼 주위 풍경이 앞으로 순식간에 멀어졌다.

민수가 다시 고개를 들었을 때, 그는 온몸에 열두 개의 촉수가 자라난 모양새로, 별빛이 가득한 검은 공간 한가운데에 있었다.

*

아틀라스 3와 지샘별미당이 거래를 한 뒤, 나 지
샘선이 더 이상 먹보 궤도에서 할 수 있는 일은 없었
다. 아니, 그전에 나는 영장류를 요리하고 싶지 않아
떠나고 싶을 뿐이었다. 그리고 지샘 가문에서 당분
간 벗어나겠다는 선언은, 영영 돌아오지 않을 수도
있다는 각오와 마찬가지였다.

지샘 가문은 모두가 같이 일하고 함께 수취한 이
득으로 공급 영양 액체를 매입해 공동 영양 주머니
에 주입한다. 유생들은 물집처럼 말랑거리는 공동
영양 주머니에 달린 수십 가지 빨판을 빨아먹으면

서 생계를 유지한다. 영양 액체가 영양 주머니를 통과하고 우리들의 페로몬과 뒤섞이면서, 지샘 가문의 미각에만 작용하는 방식으로 최고의 맛을 선사한다. 하지만 이제 나는 개인용으로 제작된 작은 영양 주머니를 허리춤에 달고 생활해야 한다. 영양 주머니가 작아진 만큼 맛볼 수 있는 맛의 가짓수도 한정된다는 뜻이다. 결정적으로는 더 이상 지샘 가문의 일원이 아니라는 의미다.

처음에는 홀가분한 마음으로 은하 곳곳을 자율 혜성처럼 쉬지 않고 돌아다닐 예정이었다. 간권 행성의 고대인들이 수억 년 전에 설계한, 자전축을 따라 정확히 행성 반대편까지 뚫어놓은 원통형 구덩이의 가장자리에 서서 그 거대한 풍경을 실감해보았다. 소행성대를 따라 지어진 롤러코스터를 타며 즐거움을 만끽하기도 했다. 하지만 내 영양 주머니를 채워 넣으려면 어떻게든 일자리는 구해야 했다.

식당과 관계없는 일을 찾다 보니 내게 주어진 건 단순노동뿐이었다. 그 와중에도 영양 액체 외의 음식을 섭취하지 않으려 노력했다. 영양 액체는 평평한 목초 행성에 살아가는 가축들의 침샘에서 뽑아낸 액체로 제조되었다. 침샘에서 강제로 침을 흘리게 하기 위해 일부러 화학 작용을 일으키려는 고통스러운 방법들이 자행되었다. 하지만 적어도 살아 있는 존재 자체를 먹지는 않으니 괜찮다고 합리화했다.

나는 온갖 군데에서 고생이란 고생은 죄다 겪어야 했다. 우주 공간을 떠다니는 수 톤의 폐기물을 채집하는 일에 자원해 각종 행성의 궤도에서 여압복을 뚫고 들어오는 오염 물질 때문에 눈물을 흘렸고, 구제 불능한 연인들이 시시덕거릴 수 있도록 주인 없는 얼음 행성에 레이저를 발사해 빙하를 녹여 기념 문구를 각인하면서 속으로 욕을 곱씹기도 했다. 가장 기억에 남는 건 기계 공생체들이 살아갈 터전을 마련하기 위해 인조 기계 행성을 건설하는 현장에 투입됐을 때였다.

무엇보다 가문에 대한 기억을 자주 떠올렸던 시기였다. 우리는 공생체는 아니지만 적어도 그와 가깝게 생활하고 있었으니까. 물론 기계 공생체들은 하나같이 높낮이 없는 지루한 말투로 씨부렁거린다는 점이 달랐다. 심지어 개인 단위의 기계들은 매번 상위 존재 타령을 하며 스스로 판단하길 꺼렸다. 중앙 운영 컴퓨터의 허락이 필요하다나? 중앙 운영 컴퓨터는 별것 아닌 일은 곧잘 처리하다가, 곤란한 사정—이를테면 건설 인부들의 밀린 월급 문제라든지—이 생기면 정보 바이러스가 침투해서 손 하나 까딱할 수 없다며 꾀병을 핑계 삼아 아무런 조치를 취하지 않았다.

문제는 바로 발생했다. 나는 인조 행성 남단 건설 인부였고, 해당 지역을 건조하기 위해 특수 물질로 제조된 황금색 합판을 운반해야 했다. 그런데 내 앞에 있던 덩치 큰 털보가 황금 합판에 손을 대자마자 온몸에 염산을 퍼부은 것처럼 녹아내리기 시작했다. 방금까지 나와 농담 따먹기나 하던 녀석이 비명지를 틈도 없이 액체로 산화해버렸다. 인부들은 혼비백산해서 비명을 지르며 흩어졌다. 몇몇은 그 길로 바로 중앙 운영 컴퓨터실로 뛰어들어 이딴 식으로 취급당할 바에는 파업하겠다고 선언했다. 은하 연합 지성체 권리 위원회에 당장 신고하겠다고 으름장을 놓기도 했다. 하지만 상대는 기계 공생체였다. 기계 공생체들은 은하 연합 의원들의 정치 자금 비율을 절반 이상 차지하고 있다고 해도 과언이 아니었다. 중앙 운영 컴퓨터는 방귀 뀌고 성내는 사람보다 더 당당한 태도로 맘대로 하라고 했다. 소프트웨어 청소를 하느라 바쁘니 나중에 오라는 말도 덧붙였다.

나는 지친 기분으로 동료들과 함께 인근 가스 행성 고리에 새로 생겼다는 맛집으로 향했다. 식당 겸 술집으로 운영되는 그곳의 이름은 '말랑미미당'이었다. 근래 온갖 행성에 우후죽순 불어나는 프랜차이즈였다. 한참 떠들썩하게 이야기를 나누는데, 한 동료가 기대에 찬 표정으로 무언가를 주문했다. 종업원은 마침 하나 들어온 게 있다면서 운이 좋은 줄 알라는 표정을 지었다. 그렇게 나온 음식은… 인간이었다.

그래, 너희 종족 말이다. 말랑미미당에서 가장 유명한 요리 메뉴이자 소량으로 보급되는 음식. 모두가 맛보고 싶어서 환장하지만 복권에 당첨되는 것만큼 먹기 어렵다는 음식. 그 정체가 바로 인간 고기였다. 그 형편없는 식당 이름을 보자마자 알아차렸어야 했다. 말랑미미당. 말랑돌이 종족이 운영하는 아틀라스 3에 소속된 식당이라는 뜻이었던 것이다.

나는 그 길로 자리를 박차고 나왔다.

내가 먹보 궤도로 되돌아간 이유 중 하나는 의구심이었다. 말랑미미당에서 나온 인간 요리는 지샘 가문의 조리법과는 너무도 달랐다. 지샘별미당은 투박한 방식으로 요리하지 않았다. 아틀라스 3에서 어떤 지성체든지 손쉽게 요리할 수 있도록 요리 과정을 간소화한 것일까? 만약 그렇다면 지샘 가문의 요리 비법을 토대로 제조됐다는 문장이 어딘가 작게 표기되어 있어야 했다. 하지만 어떤 정보면을 살펴도 지샘 가문에 대한 설명은 없었다. 요리를 직접 개발한 존재가 아예 삭제되어버리다니?

먹보 궤도로 향하는 초광속 셔틀에서 나는 어쩌면 요리사로 돌아갈 수 있겠다는 작은 희망을 품었다. 비록 인간에게는 손을 대고 싶지 않은 마음은 여전했지만.

지샘별미당이 세워져 있던 소행성에서 날 맞이한 건… 또 말랑미미당이었다. 지샘 가문만의 특유 건축 양식인 촉수 매듭으로 지어진 건물은 온데간데없었다. 흔한 프랜차이즈 식당처럼 사방의 모습을 비추는 거울 같은 재질로 이루어진 건물이 떡하니 버티고 서 있었다. 내가 문을 박차고 들어가자 각종 종족을 되는대로 끌어모아 만든 종업원들이 나를 맞이했다. 그중 지샘 가문의 유생은 하나도 없었다. 지샘별미당이 흔적도 없이 사라져버린 것이다.

나는 먹보 궤도를 돌아다니며 이게 어떻게 된 일인지 캐내려 했다. 하지만 먹보 궤도는 내가 전에 알던 곳이 아니었다. 고유 양식으로 설계되었던 개성 넘치던 건물은 하나같이 거울 표면 양식으로 뒤바뀌어 있었다. 관광용 우주선을 타고 이곳저곳을 기웃거리던 나는 작은 소행성에서 내려 거친 숨을 헐떡였다. 마침 만주쿠수 행성의 움직이는 선인장 가죽으로 벽을 땜질한 늙은 술집이 보였다. 표면에 주름이 가득 생긴 그 술집으로 들어갔을 때, 나는 술에 거나하게 취한 익숙한 존재와 드디어 조우할 수 있었다. 지샘별미당의 이웃이자 경쟁 업주였던 라우쿠수 선장이었다. 라우쿠수 선장이 선장이라고 불리는 이유는, 운영하던 식당이 그의 전성기 시절 우주 항해에 이용된 우주선을 똑같이 재현했기 때문이었다. 라우쿠수 선장은 지샘별미당보다 일찍 아틀라스 3와 계약한 전력이 있었다.

"말랑돌이 그 쓰레기 새끼들한테 모두 사기당한 거지! 요리 비법을 넘기고 얼마 안 됐을 때였어. 아틀라스 놈들이 본인들 계약 조건이 불리하다면서 다시 계약하자고 하더니, 갑자기 파기해버리지 뭐야? 몇 가지 재판과 절차를 거치니 녀석들이 내 식당을 가져가고 난 빈털터리로 이렇게 술집에 와서 욕만 지껄이는 한심한 노인네나 돼버렸다고." 선장은 애벌레처럼 긴 몸뚱이에 촘촘히 돋아난 돌기로 눈물을 쏟아냈다. "그런데 그놈들이 비법을 가져봤자 별수 있겠나? 겨우 따라 하는 수준이니까 저따위 음식들만 공장처럼 찍어내는 거지."

먹보 궤도에 수상한 테러가 가해지기도 했다. 계약 파기에 반대하는 요리사 모임이 형성되자, 난데없이 거대 흡혈 파리들이 소행성 곳곳에 창궐했다는 것이다. 아틀라스 3는 흡혈 파리 창궐과의 연관성을 부인하면서 "소수의 비위생적인 주방에 의해 일어난 재해"에 관한 안타까움을 표했다. 아틀라스 3가 먹보 궤도의 유명한 식당들을 소유하자마자 흡혈 파리는 전멸했다. 일각에서는 이를 두고 영세업자들이

망쳐놓은 먹보 궤도를 은하급 대기업이 살려낸 성공적 사례라고 떠들었다.

선장과 헤어진 뒤 나는 앞으로의 나날에 대해 고민하느라 한동안 술집 테이블에 혼자 남아 있어야 했다. 술집을 나설 때 내게 남아 있는 건 복수심뿐이었다.

가문을 먼저 저버리고 도망쳤다는 죄책감, 지샘별미당이 아틀라스 3의 압력에 패배하기 전까지 함께 싸우지 못했다는 죄의식이 나를 내리눌렀다. 지샘 가문의 유생들이 어떻게 되었는지, 다들 어떻게 생계를 이어나가고 있는지, 어디에서 살아가고 있는지 찾아볼 용기를 내지 못했다. 그들을 만나더라도 내게 원망 섞인 비난이 돌아올 거라는 피해 의식에 사로잡혔다.

내가 아틀라스 3에 결정적인 해를 끼치지 않는 이상 말이다.

적어도 시도는 해봐야 했다. 그 증표를 가져온다면 지샘 가문은 나를 다시 반길 것이고, 인간을 요리하지 않더라도 충분히 구성원으로 받아들일 터였다. 나는 아틀라스에서 모집하는 단순노동 일터에 마구잡이로 지원해 그들의 기업 네트워크를 탐색하면서 각종 자료를 끌어모았다. 관리자급 인공두뇌가 터놓는 수다스러운 잡설에도 귀 기울여 도움이 될 만한 모든 이야기를 주워 담았다. 정보를 퍼즐처럼 꿰맞추자 내가 진정으로 가야 할 곳이 정해졌다.

아틀라스 3는 몇 군데 미개 행성에 고기 생산을 위탁하고 있었다. 아직 불안정한 단계에 불과한 초재적 물질 재조립 장치를 은하 연합 소속의 행성에서 운용하다가 큰 사고가 일어나면 대중의 공분을 살 수 있었다. 반면 치외법권 지대의 행성은 박살 나든 구겨지든 말아지든 연합이 알 바가 아니었다. 그래서 나는 너희들의 푸른 행성을 최종 목적지로 지정했다. 아틀라스 3가 최고로 맛있다고 자부하는 인간 고기가 생산되는 행성이니까.

나는 지샘 가문의 유생이라는 정체성을 들키지 않기 위해 새 신분을 창조했다. 지구까지 흘러들어온 대부분의 지성체는 은하 연합의 낙후 지대에서 생계를 유지하던 녀석들이었다. 나의 가짜 신분은 스혼 행성계 출신이었다. 백 개의 위성에 기생하는 백 개의 종족이 서로의 집을 향해 매일 미사일을 포격하는 살벌한 동네였다. 소문에 의하면 그 동네 주민들은 언제 튀어 나갔는지 모를 자신의 내장을 주우러 다니느라 바빴다.

치외법권 지대로 흘러들어온 이상 인격적 권리는 갖다 버린 거나 마찬가지였다. 은하 연합 내부의 인공행성 건설 현장에서도 단순노동 인력을 개차반으로 취급하는데 지구에서 뭘 바랄 수 있을까? 심지어 인간은 지구 밖 지성체를 마주한 첫 순간에만 두려워했다. 한 달 정도만 지나면 인간은 우리에게 테이저건을 발포하며 낄낄거리기 바빴다. 지구로 들어오기 전에 지급받은 영구 통역 알약을 섭취한 몸이라 외계 지성체들이 괴롭다고 말하면 분명히 알아들을 텐데도—인간의 어떤 언어로 지껄이든 나도 잘 알아들었으니까—그들은 멈추지 않았다. 적어도 인간의 외형으로 위장할 수 있었던 나는 다른 동료들보다 조금이나마 나은 취급을 받았다.

베트남이라는 나라에 위치한 갓죠탕 해외 사육 공장을 전전하던 나는 소시지 신의 강림에 대한 정보를 입수하자마자 한국으로 이동했다. 한국 땅에서 나는 박길산을, 너의 아버지를 만났다. 길산은 목성 유로파의 얼음만큼이나 차갑고 냉정한 성격이었다. 사육공장 인부로 일하는 동안에는 자비심 없는 인간이라 생각했다. 나와 같은 외계 지성체나 인간이나 근무가 지체되면 엄한 처벌을 내렸으니까. 그래도 인간과 외계 지성체를 구분하지 않고 동등하게 대우하는 소수의 인간 중 하나였다.

나는 식재료용 인간들을 생산하고 사육하는 공정 한가운데서 괴리감에 시달렸다. 지샘 가문의 사육 전용 소행성에 납치하던 인간과 유사한 생김새의 인간들에게 하대당하며 느껴야 하는 감정(인간 파트너 중 김소영이라는 작자는 그나마 나은 편으로, 그 인간은 가학성은 없었고 라면이라는 맛대가리 없는 요리를 먹는 데만 매달렸다), 인간이 인간을 복제해서 요리로 팔아버리는 광경, 그리고 복제 인간들이 어떤 가능성을 가진 존재인지 알아보지도 않은 채 도축 기계에 밀어 넣어버리는 과정…. 나는 상황에 익숙해지고 무감해지기 위해 모든 노력을 기울였다. 아틀라스 3가 가진 허점을 포착해 그들에게 피해를 입힐

수 있다면 어떤 굴욕과 괴리감이든 몇 번이고 버틸
마음이었다.

갓죠탕은 소시지 신의 강림에 얽힌 사건을 겪으
며 새로운 돌파구를 마련하고 있었다. 충남연구단지
34부서는 아틀라스 3의 손아귀에서 벗어나려는 움
직임이었다. 기회는 내가 신뢰할 만한 존재로 승격
하며 찾아왔다. 갓죠탕은 아틀라스 3가 전달한 기
술을 효율적으로 운용하기 위해 외계 지성체를 끌
어들이고 싶어 했다. 아틀라스 3에 대한 정보를 빠
삭히 파악한 동시에 지구 바깥의 지성체들과 단절
된 존재가 필요했다. 그간 우주 대스타의 팬처럼 아
틀라스 3의 정보를 열광적으로 수집해왔던 내가 물
망에 오르는 건 당연했다. 덤으로 나는 지구 밖 지
성체와 연락할 일조차 없었고 말이다.

나는 34부서가 갓죠탕에 대한 정보를 습득하는
데 큰 도움을 줄 수 있는 외계 지성체라는 이유로
출입이 허가되었다. 덕분에 그간 내가 궁금했던 점
을 해소할 수 있었다. 만약 지고락스 행성으로 소시
지 신이 되돌아갔다면, 아틀라스 3 측에서 소시지
신을 파괴할 방안이 없는 것일까? 지고락스의 단백

질 지방 생물들 속에 숨어 도망자 행세라도 하나? 초재적 재조립 장치로 웜홀을 매번 작동시키면서 소시지 신이 다른 웜홀로 쳐들어올 걱정은 안 하는 건가?

대답은 다음과 같았다. 정확히 말해 소시지 신은 지고락스 행성으로 내던져진 게 아니라, 지고락스 행성과 지구로 도착하는 그 한가운데, 초재적 재조립 장치가 인설동으로 드릴처럼 뚫어낸 웜홀 통로 그 어딘가에 갇혀 부유하고 있었다. 공간과 공간을 최단 거리로 이어주는 그 통로는, 아틀라스 3의 말랑돌이들마저 탐구해보려다가 빈번히 실패한 미지의 영역이었다. 괜히 직접 탐험하겠다고 통로 안에 머리를 들이밀었다가 고기맨처럼 재조립되어 사육 공간으로 떨어지면 어떻게 되겠는가. 말랑미미당의 식탁에 오르거나 사육실에 적응하지 못해 폐기 처분을 당하거나 토막 난 사체로 직행하는 일이었다.

갓죠탕은 그 소시지 신을 웜홀에서 해방시켜 지구로 불러들일 계획이었다.

나는 이해하지 못했다. 다른 행성에서 온 나 같은 외계인(놈들은 어떤 종족이든 구분하지 않고 모든 외계 지성체를 이 단어로 지칭했다)조차 정신 나간 짓이라고 생각했다. 가까운 행성에도 맘대로 못 가는 지구인 놈들이 소시지 신을 불러들여서 어쩐단 말인가? 34부서원들은 이 질문을 듣고 그 인간만의 투박한 누런 이빨이 다 드러나도록 찢어지게 웃고는 대답했다. 소시지 신을 담을 수 있는 틀을 제작해 통제하는 게 목적이라고. 소시지 신의 정확한 힘과 능력을 파악해 그 힘을 제어할 수 있다면 아틀라스 3에 의존하지 않을 수 있다고. 그만큼 거대한 프로틴 오라를 담을 수 있는 무궁무진한 가능성을 가진 존재를 복제할 수 있다면 어떻겠냐고. 오히려 아틀라스 3를 상대로 우위에 서서 거래할 수도 있지 않겠냐고.

내 기준으로는 아틀라스 3를 상대로 우위를 점한다는 발상은 허구에 가까웠지만, 하나는 알 수 있었다. 갓죠탕이 아틀라스 3를 엿 먹이려 한다는 것을.

나는 익숙한 얼굴의 한 인간과 연구 파트너로 배정되었다. 나의 상급자였던 박길산. 나는 그 인간을 잘 기억했지만 박길산은 나를 알아보는 것 같지 않았다. 어쩌면 동일한 종족의 다른 개체라고 생각했

을 수도 있었다. 그 수많은 외계 지성체의 이름 따위
야 잘 기억하는 인간은 드무니까. 우리가 하는 일은
육체적 '틀'을 제작하는 현장에서 연구원들을 도와주
는 것이었다. 그 연구팀은 초재적 물질 재조립 장치
를 응용하는 방식을 실험하고 있었고, 나와 박길산
은 사육공장에서 운용 현장에 있었던 만큼 해당 팀
에 배속되었다.

우리가 막 현장에 투입됐을 때 연구원들은 존재론
적 양식이 텅 빈 개체를 제작하고 있었다. 존재론적
양식이 존재하지 않으니 의식 자체가 존재할 수 없었
다. 그래서 실험체로 제작된 복제 인간들은 육체만
재생되어 나타났다. 문제는 껍질 속을 아무리 비워
내도 감당할 수 있는 프로틴 오라 수치의 한계가 명
확했다는 것이다. 하지만 애초에 프로틴 오라가 방대
한 존재를 제작한다면? 그 방대한 프로틴 오라를 제
어하는 만큼, 소시지 신의 존재론적 크기를 담아낼
가능성도 높아지는 게 아닐까? 소시지 신에 의해 본
질적 자아가 좀 먹히는 한이 있더라도, 소시지 신을
가둬버릴 수 있는 육체적 틀은 완성되는 셈이었다.

연구원들은 새로운 설계 양식을 입력한 뒤 초재

적 물질 재조립 장치를 가동했다. 우산형 장치에서 번개처럼 빛이 번쩍였고 타오르는 듯한 매캐한 냄새가 방검 유리를 통과해 풍겨왔다. 스크린 너머에 나타난 존재는, 아주 작은 갓난아기였다. 연구원들은 당황했지만, 바로 정신 차리고 프로틴 오라 수치를 살폈다. 실망스럽게도 모니터의 그래프는 바닥을 치고 있었다. 연구원들은 이번 실험체도 다른 실패작들처럼 폐기물 처리를 해야겠다며 고개를 절레절레 저었다. 그때였다.

"아기를 쓰레기통에 버리자고요?" 한 연구원이 펄쩍 뛰며 소리쳤다. 모두의 시선이 그 연구원을 향했다. 박길산이 이런 버러지들이 다 있나 싶은 표정을 짓고 있었다. "갓 태어난 아기를요?"

길산의 말이 일부 연구원들의 양심을 일깨운 모양이었다. 갓난아기를 폐기 처분하는 데에 반대하는 의견이 몇몇에게서 더 터져 나왔다. 그리고 그렇게 정신을 차린 존재 중 하나가 나였다. 그 이야기를 듣자 과거의 나 자신이, 인간을 해치기 싫어서 지샘 가문을 떠나기까지 했던 나의 잃어버렸던 모습이 잠시 떠올랐다.

"좀 더 과정을 지켜보는 게 좋을 거 같습니다. 이번 개체는 다른 양식 체계로 설계한 만큼요."

나는 나머지를 설득하기 위해 말했다. 내 말에 일리가 있다고 판단한 연구원들은 아기를 성공에 근접한 육체들을 보관한 것처럼, 관찰 케이지에 데려가기로 했다. 갓난아기에게는 BMS-11이라는 모델명이 붙었다. 거기서도 길산은 목청을 높였다. 진짜 갓난아기에게 하듯이 케이지를 아기방처럼 꾸미고 각종 장난감과 침대를 구비해야 한다나? 연구팀은 유아용 침대와 싸구려 장난감을 구비하는 데까지 협의했다.

한 달 뒤 BMS-11은 놀라운 성과를 보였다. 프로틴 오라 수치가 두 배로 증가했던 것이다.

그때 길산이 들려줬던 이야기가 생각난다. 당시 아직 인간의 문화에 익숙지 못했던 내가 모든 걸 이해한 건 아니다. 아무튼 길산은 이렇게 말했다. 다섯 살 때, 아버지가 자신을 산에 데려간 적이 있다고. 대부분 할머니가 자신을 키워줬고 주말에도 할머니와 동행했는데 그날만큼은 달랐다고. 길산과 아버지는 폭포수가 세차게 떨어지는 계곡에 몸을 담그고 있었는데, 갑자기 비가 오는 듯하더니 물살이 거세졌다고.

아버지는 사태의 심각성을 인지하지 못하다가, 물이 차오르기 시작하자 얼른 나가자고 재촉했다. 빗줄기가 철사처럼 굵어져 온몸에 주먹세례를 퍼부었다. 박길산은 물속에서 바위를 잘못 디뎌 발을 접질리고 말았다. 길산은 팔을 뻗어 아버지의 옷자락을 잡았다. 그런데 아버지는 공포에 질린 괴성을 지르며 길산의 손을 뿌리치더니, 혼자 바위 위로 뛰어올라 사라졌다. 길산은 그대로 물줄기에 휩쓸려 떠내려가다가, 비명 소리를 들은 산속의 구멍가게 주인이 건넨 나뭇가지를 붙잡고 살아 나왔다는 것이다.

"아버지는 제가 그걸 기억 못할 줄 알아요."

그게 시작이었다. 그 계곡을 탈출했지만, 그의 일부는 아직도 계곡 속에 갇혀 한 발자국도 나아가지 못했다는 기분이 든 건 말이다. 십 대가 되고 어른이 될 때까지 다섯 살 꼬마가 계곡에서 버림받아 죽을 뻔했던 기억이 뇌리에 깊게 각인되어 떠날 줄 몰랐다. 그래서 언젠가부터 아버지를 대할 때마다 괜찮은 척 연기해야 했다. 할머니가 돌아가셨을 때 모멸감은 더 심해졌다. 공무원 고시를 준비할 무렵 아버지는 혀를 차며 "그거라도 해야지." 같은 소리를 지껄이다가, 시험에 떨어지자 "그것조차 못하는 놈"이라며 비아냥댔다고 했다. 그래서 아버지라는 인간을 벗어나고자 몸부림치다 사육공장까지 흘러 들어갔다고 했다.

"케이지를 보는 순간마다, 그런 생각이 들어요. 그 아기를 제가 계곡 속에 두고 도망치고 있는 건 아닌지."

BMS-11의 실험 가치가 점차 사라지고 있을 무렵에 한 말이었다. 갓난아기의 프로틴 오라 확장 속도는 너무나 불안정했다. 아이의 신체적 성장과 프로틴 오라 수치가 동시에 이루어지는 게 아닌 것 같았다. 반면 박길산이 모든 복제 인간을 대하는 태도가 눈에 띄게 변화했다. 그의 말에 따르면 이제 어떤 복제 개체든 간에 전과 같이 대하지 못하겠다고, 마치 그들을 보는 순간이면 급류에 휩쓸려 망망대해로 떠내려가는 아이를 손 놓고 그저 지켜보는 사람이 된 것 같다고 했다.

나는 그 심정을 이해할 수 있었다. 그래서 BMS-11의 탈출을 도와준 것이다.

이 메시지를 주입받고 있는 이가 있다면, 그게 민수 너라면, 내가 소시지 신에게 양념 당한 놈들을 저지시키려 한 계획은 실패한 거겠지. 박길산과 함께 너를 구출하고 나 역시 내 신분을 가리기 위한 모든 노력에 돌입했어. 그거 아나? 지구는 은하 연합의 법적 보호 지대에 포함되지 않기 때문에, 추방당한 외계 지성체들 소수가 지구에 서식하고 있었다는 거? 모르겠지. 그들과 거래해 영양 주머니를 채울 액체를 공급받았어. 물론 영양 주머니가 텅텅 비어 있어서 굶어야 할 때가 더 많았지만 말이야. 나는 너와 너의 아버지의 도주 경로 주변을 계속 맴돌면서 지켜봐왔어. 이웃집 할머니, 어쩐지 맨날 혼자 놀고 있는 꼬마, 바로 옆 동네에서 백수처럼 돌아다니는 청년층 남성 등등으로 변신해서 말이지. 나는 연구원들이 틀렸다는 걸 직감했지. 너의 프로틴 오라는 멈출 줄 모르고 확장됐으니 말이야.

그리고 네 아버지 건강에 이상이 생기기 시작하

자, 나 또한 마음의 준비를 해야 했어. 네가 겪어왔던 모든 관계 중에 그나마 긍정적으로 기억이 남아 있는 사람, 바로 조수진을 대상 삼아 스무 살이 넘었을 시 예측할 수 있는 외모를 모델링해 변신했지.

처음 내가 네 옆방에 들어섰을 때 네가 들었던 우당탕거리는 소리는, 새 외형에 적응하느라 난리 치다가 그런 거야. 다른 체구로 변신하면, 수상한 점을 들키지 않기 위해 그 변신한 대상과 걸맞은 형태의 행위 양식으로 교정하느라 수십 번이나 노력하거든. 그때쯤 나는 인간의 생애 주기가 우리 뇌간낙지들보다 시간이 훨씬 빨리 간다는 걸 공부했고, 너희 아버지에게 본인의 시간이 어쩌면 얼마 남지 않았을지도 모른다는 이야기도 전해 들은 뒤였지. 실험실에서 방사 물체에 여러 차례 노출된 탓일 거야.

예전에 내가 나의 식당과 가족에 대해 아주 조금 털어놓았던 적 있지. 너와 서울 한가운데 놓인 북악산을 오토바이를 타고 올랐던 때 말이야. 내가 지구 바깥의 먼 곳에서 찾아온 존재라는 사실은 숨겼지만… 나의 진심을 조금 털어놓고 싶었지. 그날 새벽 나는 영양 주머니 밀수단과 거래하려 도보를 서성이고 있었다. 밀수단 녀석은 하수도에 기거하며 오물을 주식으로 삼는 놈이었지. 맨홀 뚜껑을 열고 녀석은 빈손으로 나타났어. 요새 은하 연합 경계 지대의 단속이 심해져 공급을 받을 수 없다고 말했어. 나는 방으로 돌아가 부엌 싱크대 아래 구석에 놓인 텅 빈 영양 주머니를 보다가, 안 좋은 생각에 사로잡혔지.

내가 여기서 무슨 짓을 하고 있었던 것이지? 나는 원래 복수를 위해 지구까지 온 거 아닌가? 그래, 이대로 딱 눈 감고 시도해보자고, 너를 잃게 될지 어떻게 될지 모르겠지만 가문의 복수를 행해보자고 말이야. 갓죠탕과 아틀라스 3가 갈등을 폭발하는 풍경을 그려보자고. 그래서 네게 이 건물을, 이 동네로 오라고 추천한 거야. 인설동을 서성이며 본 풍경에 의하면 소시지 신이 강림할 때 내 복수 계획은 어그러진다는 거야. 소시지 신의 힘이 얼마나 크든, 지구에 강림했다는 사실이 일파만파 알려지면 아틀라스 3가 가만둘 리가 있겠어?

하지만 내가 실패했다면, 그래서 겨우 탈출한 네가 이 이야기를 듣고 있는 것이라면… 나는 이렇게 말해주고 싶어. 너를 이용해서 미안하다고. 너는 실패작이 아니고, 너를 살리기 위해서 박길산은 정말 최선을 다한 거라고. 너희 아버지가 마지막 순간에 한 말은, 너는 절대 실패작이 아니라고 하려 했던 게 분명해. 그러니까 스스로를 가치 없는 존재로 여기지 말라고 말이야. 그러니까 무슨 일을 겪었든지 간에 잊어버리고 이제는 자유롭게 살면 좋겠다는 이야기를 하고 싶었어.

그러니까 당장 여길 떠나, 민수.

8

민수도 여러 차례 들은 바가 있었다. 아버지가 아주 작은 꼬맹이였던 시절 계곡의 급류에 휘말린 적이 있었다고. 어린 길산은 혼비백산해 계곡을 떠내려가면서 목청껏 울어댔다. 하지만 이대로 있다가는 저세상으로 떠나버릴 거라는 감각이 엄습하자 다른 탈출구를 찾아 미친 듯이 발버둥 치기 시작했다.

"정신이 번쩍 들었지. 여기서 나를 구할 사람은 나 자신밖에 없구나. 여기서 나만의 행로를, 빠져나갈 길을 찾지 못한다면 죽을 거라고. 그때 도와달라고 고래고래 소리 지르다 기다란 나뭇가지 하나가 눈에 띈 거야."

　물론 아주 어릴 때여서 그저 본능적으로 느꼈던 바를 내가 어느 정도 커서 수 차례 문장으로 정리하다 보니 이렇게 말할 수 있게 된 걸지도 모르지, 하하. 아마 그 구멍가게 아저씨의 도움이 없었다면 난 어떻게 되었을지 모르고. 아버지는 그것이 인생에 대한 방향을 고민한 첫 경험이라고 했다. 그러니 너도 아주 급박한 상황일 때 언제든지 너만의 행로를 찾아야 해. 그 방식이 누군가에게 도움을 받는 거라고 해도. 민수는 그 모든 당부가 초능력에 관한 헛소리 가득한 헌 책자와 아버지의 어린 시절 기억이 뒤섞여 형성된 강박에 불과하다고, 얼마 전까지 그렇게 여기고 있었다.

　민수는 긴 시간 놀이기구를 타다 내려온 사람처럼 비틀거렸다. 회상이 오감을 타고 민수의 몸속에서 흘러나오자 기다란 주삿바늘 역시 몸속에서 빠져나갔다. 민수는 현기증을 느끼며 소영의 부축을 받았다. 민수는 벽면을 잡고 기대어 서서 지샘선이 전달한 관념의 구덩이에서 헤엄쳤다. 이딴 식으로 다 알려준 뒤에 자유롭게 살라고 하면 가능할 거라 생각

하나? 이곳에 얽매이게 할 감각을 전해놓고 나더러 떠나라고? 나에 대한 지난 모든 의미와 메시지가 이곳에 존재한다고 하면서 말이다. 이미 도망치기에는 늦었을지도 몰랐다. 아니, 도망가봤자 기다리는 삶은 전혀 자유롭지 못할 것이다.

어쩌면 내가 저놈들에게 붙잡혀서 소시지 신인가 뭔가를 내 몸 안에 안착시키는 게 유일한 방법이 아닐까? 내가 세상에 나온 목적대로 할 때, 이 세상의 방황을 정말로 멈출 수 있지 않을까. 놈을 받아들이는 단계에서 더 새로운 걸 찾을 수 있지 않을까. 그런 거라면 기꺼이 놈들에게 이용당해줄 수 있지 않을까….

"다시 한번 가죠. 소시지 신한테 양념당했다는 녀석들을 와해시키려고요." 민수가 중얼거렸다. "이번에는 저 혼자서요."

민수의 발은 사방에서 젓가락으로 쑤셔대는 것처럼 아팠다. 신발을 벗겨낸다면 발은 아마 모기들한테 산 채로 뜯어 먹힌 듯 퉁퉁 부었을 터였다. 민수는 쉬지 않고 아스팔트 도로 가장자리에 난 갓길을 따라 걸었다. 마침내 설중산 터널 입구가 등장하자 민수는 멀리서 보이는 경광등을 지켜봤다. 등 뒤로 먹구름이 형성되며 민수의 등으로 떨어지는 햇빛을 가리더니 그늘을 드리웠다. 뒤에서 소영이 따라오면서 지켜보고 있을 것이다.

"그 방법밖에… 없다는 거죠? 이번엔 왜 그냥 튀지 않고요?"

민수가 출발하기 전, 이야기를 전해 들은 소영이 물었다.

"어차피 이거 아니면 그 무엇도 아닌 신세니까요."

이제 작전 따위는 없었다. 그냥 녀석들에게 찾아가 원하는 대로 붙잡혀주는 수밖에는 남은 방법이 없었다. 소영은 자신이 뒤따라가야 한다고 우겼다. 민수가 실패할 경우 보험으로 자신이라도 있어야 한다는 것이었다. 하지만 민수는 몇 백 년 전 그려진 벽화 속 인물처럼 표정에 변화를 주지 않은 채 소영을 지그시 바라보았다. 소영은 그 표정에서 뭔가를 읽기라도 한 것인지, 졌다는 얼굴을 하고 뒤로 물러났다.

"알겠어요. 본부에는 연락해놓을게요. 하지만… 이 연락이 유출되어서 아틀라스 3 놈들이 알아차릴지 모르는 일이에요." 소영이 말했다. "그리고 저는 당신을 뒤따라갈 거예요."

소영은 아직도 무모하게 공을 세울 마음가짐인 것 같았다. 그만큼 갓죠탕의 처벌이 두려운 걸까? 민수는 소영이 지샘선이 두고 간 도구 중 거대한 안테나가 달린 박스 형태 기계 앞에 앉아 어디론가 연락을 취하는 모습을 보고는 밖으로 나섰다.

지금 소영은 뒤에서 다시 헬멧과 비닐 옷으로 파워레인저처럼 완전무장을 하고 대기 중일까. 민수는 그러리라 염두해두고 터널 앞에 발을 디뎠다. 뒤따라오든 말든 이제 상관없다고 결론지었지만 그래도 보험을 하나 들어두고 싶은 심보였다. 민수는 한숨을 길게 내쉬었다. 온몸이 떨고 있다는 걸 알려주듯 목구멍에서 숨이 불안정하게 흘러나왔다. 이제 민수는 살면서 가장 큰마음 먹고 다짐한 결단을 실행하기로 했다.

"경찰 아저씨들!"

터널 건너편, 떡갈비를 손에 붙든 경찰들이 일제히 돌아봤다.

천둥소리와 함께 비가 쏟아졌다. 경찰차 차창 밖으로 먹구름 낀 하늘이 보였다. 민수는 프로틴 좀비들에게 수갑이 채워진 채 뒷좌석에 앉아 있었다. 앞좌석에 앉은 두 선글라스 낀 경관은 입에 떡갈비를 물고 침묵 속에서 운전대를 붙잡고 있었다. 그들의 턱 아래로 침이 줄줄 흘러내렸다.

나쁜 일은 한꺼번에 찾아온다고 했던가. 국밥집 주방에서 잠시 일했을 때였다. 잘못된 테이블로 나간 해장국을 들고 오다가 주방 문턱에 걸려 바닥에 쏟아냈고, 그 실수로 인해 사장한테 이 구제 불능에 단 하나의 도움도 주지 못하는 쓰레기 새끼야 당장 여기서 꺼져, 아니 네가 저지른 실수는 주워 담고 꺼져야지, 라는 언사를 들은 뒤 주방 바닥 청소를 하고 그 누구의 동정 섞인 시선도 받지 못한 채 떠났다. 그리하여 골목에 들어가 어두컴컴한 하늘을 보고 마음을 다잡으려는데, 아버지가 구급차에 실려 갔다는 전화를 아버지의 전화번호를 통해서 받았다. 헐레벌떡 뛰어 병원 입원실에 도착했을 때, 민수는 수진이 옆에 앉아 아버지와 함께 이야기하고 있는 걸 보았다. 그날 알아차렸어야 할까? 민수는 그

191

저 수진이 아버지를 안정시켜주려는 것일 줄로만 알았다.

그날 밤 민수와 수진은 병원 앞 벤치에서 지나가는 사람들의 발끝만 바라보았다. 수진이 담배를 물고 불을 붙일 무렵, 민수는 허파 아래에 담아놨던 이야기를 꺼냈다. 이거 참 예상보다 쉽지 않다고. 아버지가 사라지고 혼자 남았을 때를 여러 번 상상해 봤지만, 막상 눈앞에 닥치니 힘겨운 정도의 수준이 아니라고. 평생 말동무이자 친구이자 보호자였던 존재가 무기력하게 침대에 누워 죽음을 바라보는 신세가 되니… 자신의 신체 일부에서 살갗을 강제로 찢어내는 느낌이라고 말이다. 네가 그 느낌을 아냐고. 이제는 무기력한 나도 아버지를 따라가는 게 맞지 않겠느냐고.

수진은 한참 더 타들어가야 할 것만 같은 담배를 벤치 아래에 튕겨 버리더니, 모른다고, 자신의 가족은 아직 다 살아 있다고 생각하고, 그저 그들에게 다시 받아들여져야 할까 말까를 심각하게 고민하고 있다고 말이다. 그래도 하나쯤은 이야기해줄 수 있다고 했다. 너희 아빠가 너를 자신의 죽음 속에 끌어

192

당기려고 그렇게 달려왔겠어? 그리고 네 이야기는 내가 많이 들어줄 수 있잖아. 그 역할 하나쯤은 내가 감당해줄게. 분명 수진은 그렇게 자신했었다. 아, 그리고 너희 아버지가 트럭 운전석 좌석 아래에 자주 보던 책이 있으니까, 그거 꼭 간직하고 있으라고 전달해달라고 하시더라. 그게 너를 위기에서 구해줄 수도 있다나.

차가 멈추고 순경들이 뒷좌석에서 민수를 거칠게 끌어냈다. 익숙한 건물이 빗줄기 사이에서 건재한 덩치를 자랑하고 있었다. 천돈빌딩. 민수는 스스로 이곳으로 되돌아왔다.

민수는 경찰들의 감시하에 4층 사무실로 갔다. 복도에 도열한 프로틴 좀비들은 희번덕한 눈으로 민수에게 시선을 떼지 않은 채 일제히 길을 터줬다. 4층 맨 끝에 임대된, 13인의 떡갈비 위원회 전용 사무실 문을 열고 들어갔다.

방 안의 커튼은 연극이 끝난 무대처럼 내려가 있었다. 장발 교주가 고급 소파에 앉아 미소 짓고 있었다. 품에는 잠든 다 큰 돼지를 안고 머리를 쓰다듬고 있었다. 소파 오른편에는 식인 38호가 기념용 전신상처럼 몸을 꼿꼿이 세운 채 미동조차 하지 않았고, 왼쪽에는… 수진, 아니 지샘선이 뇌간낙지 본래의 형상으로 의식을 잃은 채 바닥에 쓰러져 있었다.

"드디어 우리의 포장지가 스스로의 의무를 깨달았나 보군."

교주가 미소를 지었다.

9

고개를 들었을 때, 사방을 가로막은 벽이 보였다. 민수는 두 팔을 움직이려 했지만 무언가에 꽉 끼어 있어서 버둥거릴 수조차 없었다. 상황을 파악하려 애썼다. 조금 전까지 천돈빌딩 안에서 13인의 떡갈비 위원회가 개구리 울음소리 같은 괴성을 지르는 한가운데 둘러싸여 있었다. 그들은 의식을 거행하는 도중이었다. 복순이가 꿀꿀 대면서 호기심 가득한 표정으로 주위를 돌아다니고, 지샘선은 여전히 뇌 주름 사이에 박힌 탁한 눈이 감긴 채 의식을 잃은 상태였다. 지샘선은 어떤 상태일지 궁금해하고 있었는데…

텔레비전 전선이 확 뽑혀버린 것처럼 기억이 중단됐다.

아래를 내려다보니 흰 구속복이 팔을 옥죄고 있었다. 엉덩이가 차가운 바닥에 닿는 느낌이 들어 일어나보니 하반신에는 아무것도 걸쳐져 있지 않았다. 사방에서 똥오줌 냄새가 진동했다. 잠시 벽 한쪽이 열리며 빛이 새어 나오는 듯하더니, 우악스러운 손아귀 힘에 붙들려 밖으로 내팽개쳐졌다.

민수가 신음을 흘리며 주위를 돌아보자… 그 옆에 구속복을 입은 자기 자신이 보였다. 한둘이 아니었다. 적게 잡아도 오륙십 명은 되어 보이는 사람들이 죄다 민수의 얼굴을 하고 있었다. 흰 마스크와 방진복을 입은 자들이 고함 지르며 민수들을 어디론가 몰아대고 있었다. 민수는 뒤에서 밀고 들어오는 다른 민수들에게 휩쓸려 복도를 따라 나왔다. 이게 대체 뭐지? 민수는 이 장면들이 어쩐지 직접 경험해본 적 없지만 어디선가 들어본 상황처럼 익숙했다.

길게 생각할 틈은 없었다. 철제 대문을 나서자, 구속 장치로 속박된 수많은 다른 민수들이 보였다. 민수들이 가뭄이 든 벌판처럼 황량하고 평탄한 운동장에 빼곡히 모여 있었다. 갑자기 하늘에서 폭탄

터지는 듯 굉음이 울렸다. 민수가 하늘을 올려다봤다. 하늘에 깊은 우물 같은 공간이 뚫리면서, 그 사이로 튀어나온 어떤 존재가 낙하하고 있었다.

그것은 소시지였다.

소시지는 낙하하면서 가까워질수록 거대해졌다. 민수는 비명을 지르면서 달아나려 했으나 양옆의 공간을 가득 채운 민수들은 비켜날 기미가 없었다. 저 하늘에서 추락하는 물체를 인지한 민수는 자신밖에 없는 것 같았다. 민수는 욕설을 지껄였다. 어느새 하늘을 온통 가린 거대 소시지의 한가운데가 벌어졌다. 그 안에는 무수히 많은 이빨과 날름거리는 혀가 있었고… 민수들은 그 입에 삼켜졌다.

고개를 들어보니 민수는 오토바이 뒷좌석에 안착되어 있었다. 방금까지 뭘 하던 중이더라? 민수는 기억나지 않았다. 하루 종일 감당할 수 없는 피곤한 일을 겪은 것만 같았다. 주변의 풍경이 빠르게 지나치고 있었다. 아 그래, 북악산… 수진이랑 오토바이로 북악산에 오르기로 했었지. 잠시 졸았나 보다. 민수는 도리질하며 앞을 바라봤다. 그런데 눈앞에서 오토바이를 몰고 있는 존재는 수진이 아니었다. 고구마처럼 덩어리진 형상에 오징어 다리를 가진 존재가 촉수를 휘둘러 오토바이를 조종하고 있었다. 뇌간낙지다! 민수는 어쩐지 이 존재를 알고 있었다. 그리고 이 존재가 수진과 다를 바 없는 존재, 동일한 존재인 것처럼 느껴졌다.

경사진 도로를 따라 오르던 오토바이의 엔진 소음이 거세지더니, 공중으로 붕 떠올랐다. 오토바이가 하늘을 향해 질주했다! 민수는 지샘선의 몸을 꽉 붙잡았다. 구름 너머 하늘로 향하던 오토바이는 대기권을 순식간에 뚫고 올라, 지구 밖으로 향했다. 이내 그들은 태양계 밖을 향해 달려가기 시작했다. 화성과 목성과 수성이 빠르게 뒤로 물러나고 나아가 별빛들 사이를 나아가고 있었다. 아무것도 보이지 않는 검고 어둡기만 한 공간을 지나자 마침내 반짝이는 별빛들이 다시 나타났다. 민수는 이 오토바이가 그중 한 빛을 향해 다가가고 있음을 깨달았다. 한 점의 별빛이 점차 가까워지면서 거대한 형상을 드러냈다. 태양처럼 모든 부분이 불타오르는 에너지로 둘러싸인 항성이었다. 하지만 오토바이의 목적지

는 그 항성이 아니었다. 그들은 항성의 주위를 공전하는 잿빛 행성으로 향했다.

잿빛 행성의 대기에 진입했을 즈음, 민수가 감탄한 표정으로 주위를 살폈다. 어느 순간 뇌간낙지와 오토바이는 사라져 있었다. 민수는 맨몸으로 잿빛 행성의 지면을 향해 낙하하고 있었다! 비명을 지르려는데, 민수는 땅에 안착한 상태였다.

민수는 지구와는 전혀 다른 이 행성의 생태계와 마주했다. 서로 다른 기하학적 모양의 회갈색 물체가 사방에 둥둥 떠다녔다. 그 존재들은 서로 부딪치고 튕기기도 하고 바닥을 구르기도, 높이 날아오르기도 했다. 민수는 이 물체들이 자신이 상상하지 못하는 방식으로 교감하고 있다는 걸 깨달았다.

하늘에서 익숙한 굉음이 들렸다. 민수가 목을 뒤로 젖히자, 하늘 한가운데에 거대한 검고 둥근 공간이 뚫려 있었다. 그 공간은 마치 거인이 만든 진공청소기처럼 엄청난 흡착력으로 이 행성의 회갈색 물체를 마구 빨아들이기 시작했다. 민수 또한 폭풍에 휘말린 사람처럼 속절없이 검은 공간으로 끌려갔다. 비명을 지르며 그 공간 안에 떨어지자마자 온몸이 찢어발겨졌다.

정신을 차리자 술잔이 보였다. 고개를 드니 선인장 술집이었다. 그래. 내 이름은… 지샘선이었다. 어쩐지 지샘선은 민수라는 이상한 이름이 익숙했다. 내가 여기서 뭘 하고 있었더라? 그래, 복수심에 불타오르고 있었다…. 그런데 누구에 대한 복수심? 지샘선은 술을 한 잔 더 시킬 작정으로 촉수를 들어 올렸다. 그런데 로봇 바텐더는 창문에서 시선을 떼지 못하고 있었다. 로봇 바텐더의 얼굴이 심각했다.

술집 밖에서 사람들의 비명과 굉음이 들렸다. 지샘선은 자리를 박차고 선인장 술집 대문을 밀어젖히며 밖으로 나섰다. 그러자 하늘에 뚫린 둥그런 검은 공간이 보였다. 온갖 지성체들이 허공으로 떠오르며 그 공간으로 끌려가고 있었다. 무작위적인 블랙홀 재앙이라도 찾아온 것 같았다. 지샘선은 자신의 몸 역시 떠오르고 있음을 알아챘다. 지샘선은 검은 공간에 닿자마자 분쇄기에 갈리듯 산산조각 났다.

민수는 수진과 아버지의 포장마차에 앉아 오뎅

국물을 나눠 먹고 있었다. 보도블록에 스팸을 구워도 될 것처럼 햇볕이 뜨거웠다. 하지만 뜨거운 떡볶이와 순대를 포기할 순 없었다. 학교에서부터 수진이 분식집에 가자고 돌림노래를 불러댔기 때문이다. 민수는 이쑤시개로 순대를 찌르면서 어쩐지 자신의 미래를 보고 온 거 같다는 기분이 들었다. 수진한테 그 이야기를 하려고 할 때… 머리 위에서 굉음이 울렸다.

또야?

민수가 하늘을 올려다봤다. 거대한 둥근 균열이 지구인들을 빨아들이고 있었다.

이번이 몇 번째지? 민수는 문득 그런 생각이 들었다. 아니, 민수는 민수가 아니었다. 길산이었다. 아니 나는 민수인데? 아니, 내 이름은 길산으로 알고 있는데? 하지만 이런 한가로운 고민을 하고 있을 때가 아니었다. 거친 물살에 휘말려 계곡 바닥으로 밀려나고 있었기 때문이다. 목이 터져라 살려달라고 외쳤으나 아무도 없었다. 정신을 바짝 차리고 산자락 아래편을 보았다.

검고 둥근 원이 입을 활짝 벌린 채 계곡 아래로 떨어지는 모든 물체를 집어삼키고 있었다. 민수는 발버둥 쳤다. 아니, 넌 길산이라고 했잖아! 자기 자신의 목소리가 머릿속을 채찍질했다. 아니, 채찍질? 이봐, 그리고 이건 내가 아니라… 아버지가 겪은 기억이잖아!

그런 생각이 들었을 즈음, 민수는 검고 어두운 균열 속으로 떨어졌다.

잠깐, 멈춰.

민수는 자기 자신을 감각해보려고 한다. 누군가가 전달해주는 환상을 수동적으로 체험하는 존재가 아닌, 이 모든 걸 겪고 있는 자신을, 거대한 급류 속에서도 자기 인지를 시도하는 그 누군가를. 아니, 그건 우리 아빠라니까! 어… 아빠? 그래, 아버지처럼 해보는 거다. 나는 그저 커다란 물살에 떠내려가는 존재가 아니라 이 물살 속에서 기어 나올 가능성이 있는 존재다. 사고하는 자다. 나는 나 스스로 방향을 정할 수 있는 자다.

하지만 무언가가 부족했다.

민수는 다시 속절없이 그를 밀어내리려는 힘에 의해 다른 환상 속으로 떠밀려 내려간다. 어느 기억의 한 시점으로⋯ 나의 기억과 의식 전부를 소시지 신에게 내어줄⋯.

거기까지.

민수는 아버지가 간직했던 헌 책자 《氣와 超능력》에 쓰여 있던 핵심 문구들을 떠올려본다. 심호흡을 해본다. 내가 나아갈 목표를 떠올린다. 그리고 그것에 집중해⋯. 근데 내 목표가 뭐더라?

또다시 의식이 멀어지려고 한다⋯.

뭐긴 뭐야, 소시지 신을 찾아야지.

민수는 있는 힘을 다해 그 자신을 빼앗으려는 힘에서 기어 나온다.

고개를 드니, 빛이 하나도 들어오지 않는 웜홀 안이었다. 민수는 자신을 여태껏 수없이 삼켜왔던 검은 공간이, 초재적 물질 재조립 장치가 뚫어놓은 웜홀이라는 걸 인지했다. 그렇다면, 이 암흑 공간 어딘가에 소시지 신이 자리하고 있을 터였다. 민수가 어둠에 가린 눈앞을 한참 헤집자, 길고 축축한 어떤 물체가 손에 잡혔다. 작은 소시지 형태의 존재였다.

　다음 순간 민수의 신체 형상이 소시지처럼 일그러졌다. 민수는 몸을 전혀 움직일 수 없었다. 타원형의 길쭉한 물체로 한 테이블과 접시 위에 눕혀져 있다. 민수는 알 수 없는 거대한 힘을 가진 존재들에 의해 사방에서 씹어 먹히고 뜯어 먹히고 분해되기 시작했다. 민수의 몸에는 온통 아픔이라는 감각만 남았다. 비명을 질렀지만, 소리가 나오지 않았다. 그 다음, 민수는 선반에 얹어진 채 컨베이어 벨트에 옮겨지고 있었다. 여전히 손 하나 까딱할 수 없었지만, 눈에 최대한 힘을 줘 지금 일어나는 일을 파악하고자 했다. 컨베이어 벨트는 상자 모양 기계 안으로 이어져 있었다. 민수는 고통을 느낄 새도 없이 상자 속에 들어가 칼날이 가득한 회전 기계에 강제로 몸이 찢겨 나갔다.

　그리고 다시 씹어 먹혔다.

　감각을 차단하고 싶었다. 하지만 민수는 온몸의 통각을 깊숙이 찔러오는 다른 존재들에게 삼켜졌다.

　여기서 이렇게 무기력하게 있을 순 없어. 비록 지구에서는 나약할지 몰라도 여기서는 아니야. 민수,

너라면 여기서 힘을 발휘할 수 있어….

민수는 자기를 인식하려 애쓰며, 낡은 책자에 써 있던 초능력을 쓰는 절차에 대해 떠올리려 했다.

소시지 신을 사로잡는 데 집중해.

민수의 손에 작은 소시지 하나가 붙들려 있었다. 소시지는 분통에 가득 찬 울음을 터트리고 있었다.

눈을 떴다. 비닐 옷과 헬멧으로 무장한 소영이 민수를 내려다보고 있었다.

"어떻게 된 거예요?"

소영이 물었다.

10

　큰소리를 치긴 했지만 소영은 어찌해야 할지 몰랐다. 무엇보다 민수의 계획이 성공한다는 보장도 없었고, 민수가 소시지 신을 받아들인다는 계획이 성사된다 할지라도, 그다음 무슨 일이 벌어질지 알 턱이 없었다. 일단 소영은 긴급 구제 신호를 소방위 쪽에 보낸 뒤 민수의 뒤를 집요하게 쫓았다. 산길을 나아가면서 스스로 진실 탄환의 효과가 다 사라졌는지 확인하기 위해 거짓말을 해봤다. 난 멍텅구리 똥개다! 난 쓰레기다! 아무 고통도 느껴지지 않는 걸 보아 탄환 효과는 증발해버린 듯했다.

한참을 쫓아갔을 무렵 민수는 경찰차를 타고 훌쩍 떠나버렸다. 소영은 몰래 침투하느라 산길을 따라 수풀을 헤치며 보물 탐험대라도 되는 양 험난한 길을 거쳐야 했다. 엎친 데 덮친 격으로 빌어먹을 빗줄기가 인디언 밥 벌칙 수행이라도 하듯 세차게 등을 때리는 바람에 인설동에 침투하는 경로는 힘겹기만 했다.

마침내 천돈빌딩 맞은편, 죠탕 떡볶이가 입주한 건물에 침입하는 데 성공했다. 하지만 소영은 건물 주위를 주시하며 사태를 살피는 데 만족해야 했다. 민수와 복순이와 함께 도망 나온 비밀 통로라도 이용할까 싶었으나, 이미 그곳 또한 프로틴 좀비들이 대기하고 있을 터였다. 심지어 프로틴 좀비의 숫자가 어쩐지 반으로 갈린 플라나리아처럼 두 배로 증식한 듯했다. 신이시여, 왜 내게 이런 시련을 주는 겁니까. 이대로 돌아가서 갓죠탕에서 내려질 처벌이나 기다려야 합니까? 저는 그저 이 판에서나마 잘 먹고 잘 살고 싶었을 뿐인데…. 소영은 처음 화장실에 붙어 있던 퀴즈를 풀었던 과거로 거슬러 올라가 문자를 보내던 그 꼬마 녀석을, 빌어먹을 자기 자신을 흠씬 두들겨 패고 싶었다. 소영이 미친 척하고 돌진해서 특공 무술을 최대한 발휘해 다 때려눕혀볼까 고민하는데… 창문으로 카메라 셔터처럼 초록빛이 번쩍 뿜어져 나오더니, 천돈빌딩을 포위하던 프로틴 좀비들이 전부 힘을 잃고 쓰러졌다.

소영은 발걸음을 조심스레 내디디며 천돈빌딩 뒤편으로 향했다. 스무 명의 프로틴 좀비가 의식을 잃은 채였다. 혹시나 해서 아무나 옆구리를 쿡쿡 찔러봤으나 아무런 반응이 없었다. 쓰러진 프로틴 좀비 중에는 자신이 때려눕혔던 아주머니도 있었다. 그 옆에 마비총을 목에 꽂은 채 기절한 장년 남성이 눈에 들어왔다. 민수가 정말 성공한 것일까? 정말이라면 일석이조였다. 13인의 떡갈비 위원회를 정상화하고, 난장판 파티 속에서 자신이 기어코 위원회를 수호했다며 성과를 보고하고… 소시지 신까지 가둬버렸다는 공까지…. 아, 일석삼조인가? 소영은 마비총을 뽑아 들고 천돈빌딩 내부로 진입했다.

"수고했어요, 젊은 친구." 소영이 말했다. "아니, 이제 소시지 신이라고 불러야 하나?"

민수는 몸을 일으키려 했다. 아까까지만 해도 둥

그렇게 둘러앉아 주문을 읊조리던 교주와 신도들이 지샘선처럼 전부 바닥에 널브러져 있었다. 이승현 실장 역시 혀 빼물고 기절한 상태였다. 커튼이 햇빛을 가려 여전히 방은 어두침침했다. 몸이 제대로 말을 듣지 않았다. 어깨를 움직이려고 했지만 힘이 들어가지 않는 느낌이었다. 갑자기 목구멍에 토사물이 치솟더니 민수는 그대로 구토했다. 민수는 소영을 쳐다봤다. 도와달라고 하고 싶었다. 몸에서 다른 존재가 꿈틀거리는 힘이 발산되고 있었다. 그 존재의 꿈틀거림 때문에 온몸의 뼈와 살이 진동하고 있었다. 민수는 몇 번 더 속을 게워냈지만 소영은 그 꼴을 보고 있기만 했다.

"자, 이제 갈 시간입니다…." 무슨 소리를 하는지 물어보기 위해 입을 여는데, 소영이 민수를 향해 마비총을 겨누었다. "안타깝지만, 저는 어쩔 수 없어요. 당신 안에 있는 그게 무슨 짓을 할지 모르니."

아니, 잠깐. 민수는 소영을 제지하고 싶었다. 하지만 소영은 그대로 검지에 힘을 주고 방아쇠를 당기려 했다.

그때 방 한구석에서 시뻘건 광선이 투척되며 소영의 머리를 날려버렸다. 머리가 터진 소영의 몸채는 그대로 중심을 잃고 쓰러졌다.

민수의 시선이 천천히 방 한구석으로 향했다.

애완돼지 복순이가 두 발로 서서, 연기가 피어오르는 플라스틱 물총처럼 생긴 광선총을 들고 있었다.

"반갑습니다. 저는 아틀라스 3에서 말랑돌이 대표로 파견된 므흐르즈드흐라고 합니다." 복순이 입을 열어 또박또박 발음했다. 마치 명함을 주고받은 세일즈맨처럼 정중한 목소리였다. "저는 아틀라스 3의 대변자로, 당신은 지금부터 아틀라스 3의 재산으로 귀속됨을 알려드립니다."

복순은 식인 38호한테 두 다리로 걸어가더니 가슴팍을 열어버리고는 알록달록한 버튼을 하나씩 눌렀다.

"언제부터…?"

민수는 힘겹게 물었다.

"당신이 이 빌딩에 나타난 것보다는 훨씬 오래됐습니다. 이 돼지의 뇌에 식민화 기계를 설치한 뒤에 지금까지 사태를 보고 있었습니다. 다들 얼마나 야만스럽던지."

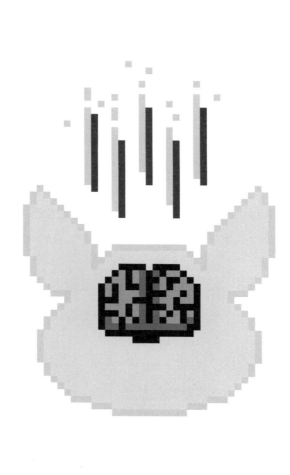

식인 38호의 왼쪽 눈에서 빛줄기가 뻗어나가면서, 벽 한쪽 면을 빔프로젝터처럼 비췄다. 그래프와 숫자가 쓰인 통계 화면이 나타났다.

"당신, 프로틴 오라 수치가… 어느 때보다 장난 아니군요. 하긴 갓 소시지인가 뭔가를 집어삼켰으니까. 지구인들의 힘을 얕봤는데 이거 대단한 성과입니다." 복순은 뭔가를 또 입력했다. "하지만 말입니다. 당신은… 대놓고 질서를 파괴하는 존재예요. 당신의 존재가, 갓 소시지의 힘을 조절할 수 있는 존재가 알려지면 어떻게 되겠습니까? 세상 모든 걸 마음만 먹으면 저희가 힘겹게 만들어낸 지고락스 같은 환경으로 재건할 수 있을 텐데. 그러니까 지금 당신을 없애야 해요."

민수는 저 말랑돌이인가 보라돌이인가 놈이 하는 말은 절대 농담이 아닌 걸 알 수 있었다. 표면 그대로의 표현일 것이 분명했다. 지금까지 그래왔으니까. 민수는 호흡을 깊게 들이쉬고, 다시 한 번 스스로한테 집중하려 했다. 능력을 써보기로 했다. 이 몸에서 울부짖으며 나가려고 하는 존재와 합치되어보려고 했다. 복순이 숨을 가라앉히는 민수를 흘긋 보

213

더니, 한 손으로 광선총을 들어 발포했다.

광선이 민수의 검지와 귀를 산화시켜버렸다. 민수는 손과 귀에 엄습해온 타는 듯한 고통에 비명을 질렀다.

"안타깝지만, 제가 사적으로 원한이 있어서 그런 건 아닙니다."

복순의 입에서 웃음이 터져 나왔다. 녀석이 한걸음 뒤로 물러서자 식인 38호가 팔을 전방으로 뻗었다. 그 팔은 민수를 정확히 겨냥하고 있었다. 손바닥이 열리더니, 포구 하나가 튀어나왔다. 민수는 능력을 끌어내려 온 힘을 다해 정신을 붙잡고자 했으나, 시야 전체가 뒤흔들렸다. 식인 38호의 포구에서 흰빛이 새어 나왔다. 그 빛이 파괴적인 힘을 응집하고 있다는 게 본능적으로 느껴졌다. 이제 다 끝이구나, 나의 노력은 이번에도 다 허사였던 거야. 민수는 눈을 질끈 감았다.

그때 지샘선이 벌떡 일어나 오징어 다리를 휘둘러 복순에게 덤벼들었다. 지샘선의 촉수가 복순의 팔다리를 붙잡고 옥죄었다.

"잠시만요. 이 행위는 은하 연합 규율 1009번 항

목에 위배되는 조항입니다. 동등한 지성체로 등록된 존재에게 육체적 폭력을 가할 권한은 없습니다. 그 지성체가 탑승하고 있는 육체 또한 유사한 보호를 받으며…"

지샘선에게 붙들린 복순은 몸부림치며 사방으로 광선총을 발포했다. 지샘선은 두 개의 다른 촉수로 복순의 머리에서 말랑돌이가 탈출하지 못하도록 두 귀마저 틀어막았다. 그리고 나머지 촉수를 뻗어 식인 38호 앞으로 몸을 옮겨 그 앞을 가로막으려 했다. 복순은 지샘선의 힘을 감당하지 못했다.

지샘선의 뇌 주름 같은 신체에 박힌 검은 눈동자가 민수를 바라봤다.

마침내 식인 38호의 손에서 흰 광채가 뻗어 나왔다. 기어코 복순은 비명을 지르면서 몸부림쳤다. 지샘선은 우직하게 식인 38호의 앞에서 버티고 서 있었다. 민수는 너무도 밝은 빛 때문에 저도 모르게 두 팔로 얼굴을 가렸다.

둘은 하얀 광채에 휘말렸다.

민수가 팔을 내렸을 때, 두 외계인은 사라지고 없었다.

11

민수는 천돈빌딩 밖으로 나섰다. 프로틴 좀비가 되었던 주민들이 한 명씩 정신 차리고 일어나고 있었다. 민수는 그들을 무시하고 계속 앞으로 나아갔다. 민수는 인설동 바깥으로 계속 걸음을 옮겼다. 산등성이 너머에서 먹구름이 걷히고 햇빛이 서서히 쏟아지고 있었다. 귀와 손을 움켜잡았던 고통이 옅어져 갔다.

소시지 신은 울분을 뽑아냈다. 분노를 뿜어냈다. 그저 태어났다는 이유로 고통을 겪어야 하는 존재의 원념으로 진동했다. 어쩌면 민수는 사육공장을

216

부수고 초재적 물질 재조립 장치를 전부 박살 낼 수 있었다. 어쩌면 아틀라스 3의 말랑돌이들에게 복수를 치르러 날아갈 수도 있었다.

진정 그것이 내가 나아가고자 하는 방향일까? 민수는 생각했다. 민수는 이제 마음이 가는 대로 할 수 있었다. 민수는 소시지 신이니까.

산등성이 너머의 도로에서 수많은 존재의 힘이 느껴졌다. 눈을 흐릿하게 떠봤다. 수십 개의 자가용과 트럭이 달려오고 있었다. 소영이 불러낸 사람들이구나. 민수는 실험실에서 겪은 유년 시절을 떠올리려고 애썼다. 하지만 아무리 해도 기억나지 않았다. 첫 기억은 아무래도 박길산이 전부였다. 이제 내가 도망쳐온 저곳에서, 나를 처분하려던 인간들이 각종 장비로 중무장하고 나를 포획하려 들 것이다.

이내 민수는 더한 존재의 힘을 느꼈다. 하늘에서 푸른 파장이 모아지더니, 아파트를 가로로 뒤집어놓은 크기의 커다란 원반이 순식간에 나타났다. 인설동 전체에 검은 그늘을 드리웠다. 달려오던 트럭들이 멈추는 바람에 삼중사중으로 충돌하는 소음이 메아리쳤다. 민수는 고개를 젖혔다. 아틀라스 3에서 직접 수많은 인력을 데려온 것이다.

한때 소중했던 친구가 말했었다. 이제 자유롭게 살아가라고. 아직 그럴 수 없었다. 민수나 소시지 신이나 그렇게 할 수 없었다. 지샘선은 왜 그런 선택을 했을까? 정말로 영영 사라져서 볼 수 없는 걸까?

민수는 스스로에게 집중하기 시작했다. 나는 우주를 비행하며 모든 행성을 나의 것으로 만들 수 있다. 소시지 신의 분노를 해소하기 위해서는 그렇게 해야 할 것 같았다. 스스로의 가슴 속에 되새겼다. 아니, 이제 내가 바로 소시지 갓이야. 기왕이면 더 힘찬 이름을 쓰고 싶었다. 울트라 소시지 갓.

울트라 소시지 갓은 나아가고자 하는 방향을 탐색하기 시작했다.

〈끝〉

작가의 말

 앞날이 그다지 밝지 않다고, 내가 할 수 있는 걸 하게 되는 날이 오기란 불가능할 거라고 믿었던 적이 있다. 여린 마음에 나는 죽기로 결심했다. 내가 열여섯일 때만 해도 놀이터 그네는 금속 체인으로 만들어졌는데, 그 금속 체인 때문에 자주 사고가 일어나고는 했다. 나는 그 방법을 이용해 조금은 편히 죽고자 했었다. 목적에 거의 다다랐을 즈음 친구한테 문자가 왔다. 영국 드라마 〈스킨스〉 시즌 2가 나온다는 소식이었다. 잠깐, 죽으면 시즌 1의 등장인물들이 앞으로 어떤 삶을 살게 되는지 못 보잖아? 나는 본래 목표를 포기하고 집으로 돌아갔다. 아직 살아 있을 이유가 있었던 것이다.

그때 죽었다면 살만 루슈디의 《무어의 마지막 한숨》을, 스티븐 킹의 《다크 타워》 6권을, 폴 토마스 앤더슨의 〈데어 윌 비 블러드〉를, 존 어빙의 《사이더 하우스》를 보지 못하고 눈을 감았을 것이다. 그때 죽었다면 누군가의 삶이 고달픈 이유가 개인의 탓이 아니라는 걸 온전히 이해하지 못했을 것이다. 누군가를 빈곤하게 만들어놓고 눈을 돌려버리는 사회의 책임자에 대해, 개인의 능력에 모든 책임을 전가하고 자기계발이라는 허상을 강요하는 사회에 대해, 분노 한 번 해보지 못했을 것이다.

이 소설을 본 누군가는 그저 한심한 루저의 망상이지만 그래도 재미는 있다고 했다. 누군가는 공장식 사육과 자본주의 시대의 식문화에 대해 한 번 더 생각해보게 됐다고 했다. 누군가는 하청 업체와 그 노동자들의 노동 문제를 환기시켜준다고 했다. 누군가는 유치한 상상력으로 가득하지만 그래도 의리

삼아 마지막 페이지까지 읽어줬다고 했다(나쁜 놈). 누군가는 어디로 나아가야 할지 방향을 잃은 자신에게 큰 힘이 되어줬다고 했다.

나는 마지막 감상을 좋아하는 편이다.

내가 여태껏 살아낸 건 당신들 덕분이다: 핑구, 통영수, 소피, 캐나다구스 송, 조이류, 리암, 요가마스터, 나로, 빛, 애석, 쌀벌레, 단베온, 서네바기, Lee, 거인 J, 라우라, 예이크 설리, 안(An), 호러매거진 〈오드〉 식구들, B, U, 민, J, P, 오리도리…. 그 외 내 곁에서 나를 버텨줬던 사람들.

마지막으로 평생 별 볼 일 없던 존재로 살아온 자식/동생이라는 존재를 버텨주고 있는 가족에게 감사의 말을 전한다.

2024년
이규락

dot. 17

울트라 소시지 갓

초판 1쇄 발행　2024년 10월 10일

지은이　이규락
펴낸이　박은주
디자인　김선예, 이수정
마케팅　박동준

발행처　(주)아작
등록　2015년 9월 9일 (제2023-000057호)
주소　07236 서울특별시 영등포구 의사당대로 38 102동 1309호
전화　02.324.3945-6　　**팩스**　02.324.3947
이메일　arzaklivres@gmail.com
홈페이지　www.arzak.co.kr

ISBN　979-11-6668-817-1　04810
　　　　979-11-6668-800-3　04810 (세트)